西齋深巷

蘇曉康 著

目錄

中關—景山東街

下闋—紅樓大院

引子

一個人的少年，常常到中年之後只剩下濕漉漉鵝卵石的雨夜迷濛，或者清晨瀰漫在胡同裡勾魂的炊煙，然而我的少年卻是另外一種，雖然也同一條小街藕斷絲連著，雖然那也是再平常不過的一條小街，沿街有副食店、理髮館、煤球場、小飯鋪等等，來來往往的也都是表面上只為柴米油鹽的升斗小民，但是那彷彿只是一個錯覺——這條街的西頭，緊靠明清兩朝的皇宮後苑，於是這尋常巷陌，沒有一絲過渡就銜接了「黃瓦紅牆」，一種優美的古典，而黎民晨起暮伏於其間，並未覺察城牆、樹木、街道的美妙襯托、銜接，別具一格。

我要到青年時代，才從一位建築師的描述中追憶這美妙：「北平四郊近二三百年間建築物極多，偶爾郊遊，觸目都是饒有趣味的古建築。天然的材料經人的聰明建造，再受時間的洗禮，成美術與歷史地理之和，使它不能不引起鑑賞者一種特殊的靈性的融合、神志的感觸。無論哪一個巍峨的古城樓，或一角傾廢的殿基的靈魂裡，無形中都在訴說乃至歌唱時間上漫不可信的變遷……。」這段文字取自梁思成一九三二年寫的《平郊建築雜錄》，據說這優美的文字其實出自他的妻子林徽因，極富盛名的民國才媛，新月派詩人，寫得一手極品散文。她那句「時間上的漫不可信」，恰好叫人遠溯到一千年前的另一句話：「很早以前，一個遙遠的國家曾有一座迷人的城市。那裡有金碧輝煌的宮殿，莊嚴的廟宇，華麗的牌樓，優美恬靜的園林以及由成千上萬座灰色瓦房組成的幽靜的四合院。」這是一個義大利人說的，他叫馬可・波羅。

少年從南方來北京，我還些許能感覺到一種古帝都的氣派，那黃瓦紅牆、嶙峋城樓、廟宇殿群，是隨時隨地觸目可見的；不過我後來從書上讀到的、當時梁思成對周恩來動情描述的「帝王廟牌樓在夕陽跌墜，漸落西山背景下的高度美的畫面」，則是壓根兒無緣見識了。這座古都最終沒有倖存下來，是我們追懷這些文字之際最為痛徹的。八〇年代我在報告文學創作的初期，曾挖掘一部建築史與政治史交織在一起的「梁思成悲史」，四九年北平改名為北京，梁思成就建議中央行政區應在古城之外的西部地區建設，以避免毀掉古都，求得新舊兩全，但是遭到蘇聯專家的反對，他們主張將中央行政區放在古城中心區建設，毛澤東支持後者。接下來北京的城牆、城樓、牌樓等陸續被拆除。所以北京在五六〇年代是有一種歷史性的擠壓發生了，讓你處處覺得有一個驕橫的粗人，肆無忌憚地躺在明清兩朝絢爛的屍骨上撒潑，你或許可以聽到那屍骨的呻吟。

這裡是所謂「天子腳下」的地方，古皇城的邊緣，至今留著一個地名叫「皇城根」，還分東西兩段。我剛來時很久都不懂這個「根」字是什麼意思，北京人喊它時又添了一個輕飄飄的「兒」的尾音，讓我覺得更怪。其實我從杭州來，杭州話本多「兒」音，只是那「兒」一下的位置，與北京話多不在同一處。哪裡還有什麼皇城？皇城該是個何等模樣？只聽老北京說，至少大清時的皇城範圍是沒有百姓居住的，以現代北京城從東四到西四這麼大一塊地方無人居住，那情形我是想像不出來的。六〇年代初，也就是「文革」前的北京城，這一帶的氣象，是中央機關的衙門、宿舍糾纏在港汊般胡同裡的民居之間，設若一個做腳力的搬運夫，全家五六口住在胡同裡幾米見方的破屋裡，出門來拉著他的板車從這「皇城根」逶迤西去，途經紫禁城外的護城河時，就會穿過許多從前的王府大門，裡面如今都住上了坐紅旗轎車的元帥或副總理什麼的，搬運夫的兒子永遠不會同那深宅大院裡的某個公子哥兒，在路邊彈玻璃球或踢毽子，也絕不會一道去逛景山的；過了故宮再往西一兩里多，上得一座橋來，便有鐵欄杆和佩槍的士兵了，橋一側是悠悠的白塔，另一側便是中南海，猶如一口不斷釋放出風暴來的深潭，平日裡卻總是靜靜的……不過連販夫走卒都很清楚，有一個他們稱之為「救星」（不再叫「天子」）的人住在那裡面，他若起心動念或者脾氣不對勁，那可是不得了。有野史也稱，梁思成對中央機關設在中南海有意見，認為不應該在皇家花園這樣旅遊的地方辦公，建議到北京東南朝陽門外日壇一帶搞政府大院辦公，則北京市民不僅可以到北海划船，也可以划到中南海去，毛聞之不悅，說這不是要把我趕出去？

再回到那小街。上面我說了小街西頭連接的古代和古典，終於隕落了，然而小街的東頭，卻奇妙地連接著現代，因為那裡坐落著近百年中國人無法拒絕的兩棟建築物，一是舉世聞名的北大紅樓（即北洋時期的北京大學一院，也就是文學院），二是紅樓後面的大操場上四九年後蓋起了中國共產黨中央宣傳部的辦公大樓，是淡紅色的。於是，這條小街的西頭，就怪誕地連接著相隔半個世紀的兩個風暴眼：「五四」和「文革」，而從這條街上走過的那些身影裡，必定會有蔡元培、李大釗、胡適、魯迅、郭沫若、梁漱溟、錢穆等，還有那個當年寒酸卻野心勃勃的毛澤東，以及六〇年代初在文革舞臺上顯赫一時的諸多「文痞」……於是你可以發現，小街西頭古典的隕落，究其因果，多少又同小街的東頭有關。

這條小街叫景山東街。此地緊挨皇宮，從清朝中期以來都屬於一座公主府，晚清改為京師大學堂，那時仍沿用舊稱叫馬神廟，但廟址不存；張中行老先生對它的描繪最簡潔：「馬神廟是景山山頭直向東看的一條街」。到北洋時代學堂改為北大，街名亦更新為景山東街，直到上世紀六〇年代我去那裡的時候還叫這個街名，現在好像改稱沙灘後街了，大概因為這一帶俗稱「沙灘」。少年時剛到那裡，我就很奇怪如此繁華的地方怎會叫「沙灘」這麼個荒涼的地名，有人解釋說北京在遠古不過是渤海灣淤沙堆積而成，所以留下這個稱呼。我慢慢長成大人的歲月裡，越是回味這個稱呼便越發覺得它再貼切不過：這個最「文化」的地方，可不就是中國經百年劇變漸成文化沙漠的一塊策源地嗎？曾經踏上這條小街連同掩隱在它後面的那種歷史，沒有半點值得誇耀之處，我只驚異自己居然那樣貼近過釀成這種「失去」的歷史源頭。

再交代幾句方位。這裡還借張中行先生，一位老北大也是老沙灘的文字，他寫在《負暄瑣話》裡的一句：「紅樓是多方面的中心。形勢四通八達：東接東四牌樓，西接西四牌樓；南行不遠是王府井大街、東安市場；北行不遠是地安門、鼓樓，風景也好，西行幾百步就是故宮、景山、三海。」紅樓是名副其實的紅色，四層磚木結構，坐北向南，到六〇年代，已是北京鳳毛麟角的西洋化建築，樓前一條車水馬龍的通衢大道，貫通北京東西城的幾路電車均必經此站，站名在「文革」時改為「五四大街」，可人潮洶湧之中，會有幾人還知道「五四」聖殿就是這棟紅樓？

這「五四」紅樓，文革前幾年搬進去了國家文物局，我家則一直住在緊挨它的那棟沙灘大院「紅前樓」裡，到八〇年代初才搬走。日後每每路經那個繁忙車站，我都忍不住要觀望那紅樓的門簾一眼，它旁邊那個郵局當年是「未名社」的遺址呢。接近八〇年代尾聲，我製作那部流產的電視片《五四》之際，要說一說現代中國之開幕式的這場運動裡的一個小故事，又跟這紅樓有關，而「五四」歷史著作中很少提到它，記得我們還特意進國家文物局裡面，拍了一組鏡頭。故事要講的是，當年北大校長蔡元培就住在離這兒不遠的遂安伯胡同，他計畫一九一九年五月二日，要召集北大學生班長和代表，把巴黎和會的噩耗告訴大家，號召學生奮起救國，可是五月四日（「五四」）那天早上，他卻匆匆趕到馬神廟北大一院，即這棟「五四紅樓」，去勸阻學生上街遊行！他說示威遊行並不能扭轉時局，北大因提倡學術自由，已被視為異端，若再鬧出事來，恐怕首先遭難；他甚至說學生因救國而犧牲學業，其損失幾乎與喪失國土相等。然而蔡元培也難挽狂瀾於既倒，「五四」運動還是發生了。這個細節的歷史張力實在太大了，而「五四」公案，說它是「斬斷中國傳統」之大禍，拿它上比拳亂下附紅衛兵造反一鍋熬，指它抑啟蒙而揚救亡，至今眾說紛紜。

還要惋惜的是，我想拍的電視片《五四》，也因七十年後驟起於天安門廣場的另一場學生運動而夭折，其間我也曾去廣場紀念碑下勸說學生撤退，即五月十四日「十二名知識分子上廣場」，自然我們也不能「挽狂瀾於既倒」，畢竟模仿是笨拙的，儘管是模仿七十年前的蔡元培。那學運後來潰散於血泊之中，我也因此倉皇辭國，不覺已然三十年流逝，到此刻二〇一九年我來寫「沙灘」，距離「五四」已整整一百年。

約是七〇年代的某個初春，作者於萬春亭拍攝，即北京故宮對面的崇禎皇帝上吊的那個景山頂上，背景可見北海的白塔。

上闋一

皇城根上

「西齋夜雨聲」

御花園景山東側，黃瓦紅牆之外，幾步之遙便有一個門臉，影壁後面是一個深院。過來人回憶，門口傳達室的校工，閒聊某某官宦、某某教授、某某名人，如白頭宮女說玄宗——這如數家珍，說的「五四」時代。光緒二十四年（一八九八年）京師大學堂開辦，內務府奉旨修復馬神廟和嘉公主府作為大學堂校舍；一九〇四年又在其附院修建了十四排大屋頂平房，由南向北一路排下去，每排四間，該院即「西齋」，張中行稱之為最早的中國大學男生宿舍。他談「沙灘的住」，說男生宿舍「量」多，計有東齋、西齋、三齋、四齋。「齋」的古意，指文人的書齋，唐詩〈錢塘青山題李隱居西齋〉：「小隱西齋為客開，翠蘿深處遍青苔」；晚清龔自珍有「門前報有關山客，來聽西齋夜雨聲」之句，我取來做題這一節，只是覺得有意境，也可知遲至「五四」時代，西化的新學堂還不甘心用新詞「宿舍」取代古雅的「齋」字呢。

相傳西齋十二號（也有說四號）宿舍裡，住著兩個學生，一個叫顧頡剛，另一個是剛來的，叫傅斯年，兩人討論要不要趕走一個叫胡適的教授，因為這位從美國回來的教授講哲學史不講唐虞夏商，直接從周宣王開講，這樣的人怎配來北京大學登堂授業？顧頡剛覺得胡先生有新意，希望傅斯年作個評價。所以西齋所在的馬神廟一帶，因北大的緣故，可謂「出入皆鴻儒，往來無白丁」。

蔡元培一九一七年接掌由京師大學堂改名而來的北京大學，「北大紅樓」要到次年才落成，他就在西齋辦公。一九二一年他批准在西齋闢兩間屋子，成立「亢慕義齋」，亢慕義是德文「共產主義」的譯音。發起人羅章龍後來回憶，這兩間寬敞的房子既是圖書室又是翻譯室，還做辦公室。室內牆壁正中掛有馬克思像，兩邊貼著一副對聯：「出研究室入監獄，南方兼有北方強」，上句是陳獨秀的話，下句是北方人李大釗與南方青年學生們在一起吟詠的詩句。所以當代中國有一個源頭，倘若把它從上海法租界和嘉興南湖的一條絲網船，挪移到北平一座公主府的附院廂房裡，至少要古典一點吧？這不是杜撰，上述史料便是證據。直到一九五二年北大才由沙灘搬去西郊燕園，這三十年間很少有人提及西齋了，以致一九四九年春，得手天下而在西柏坡喊了一聲「進城趕考去」的毛澤東，到香山見一個北大學生時問道：「西齋還在嗎？」

我生在杭州，十　歲那年父親從省報，被調到《紅旗》雜誌社當編輯，於是全家順京滬線去了北京，住進沙灘景山東街西頭的這個「西齋」。我第一眼看到的，是近百戶人家擠在一起的一個大雜院，院內沙丁魚罐頭似的一溜兒十幾排密密麻麻的平房，排與排之間，相隔約五六米的空地，栽著大樹，枝冠茂盛。我在南方沒見過這種房子，也絲毫沒有不少人在回憶錄裡盛讚西齋如何「窗明几淨」的感覺——我家在杭州住的是「竹竿巷那間三面都是玻璃窗的房子」（父親後來的描述），我從小在西湖之畔，晨夕兩頭都跟湖上的朝霧晚霞相遇，而霧化在心裡的某種「蘇杭優越感」，有點視幽燕為「苦寒之地」；坊間也有一個傳說，中國文改之父周有光原住上海，胡愈之動員他來北京，他不願意，說北京雨水少，風沙大，春風一颳起來，到處髒兮兮的。最後他還是搬來了，就住西齋隔壁。

我只習慣南方那種鵝卵石小巷子的生活——即使清早一派涮馬桶的聲音，那涮出的髒水又隨地就潑——卻久久習慣不了北京胡同裡那種共用露天水池和廁所的風俗，比如我們住的西齋，並非一個胡同，卻也是兩三排平房的七八戶人家共用那兩樣，水池是冬天凍住了要拿開水去澆，廁所則總是污穢滿地。記得媽媽有半年都沉著臉，怨爸爸不該來北京。我們江南的孩子到北京，還要遭兩樣罪，一是春天乾燥風烈，嘴唇龜裂瘀血，二是寒冬手腳長凍瘡，也會破裂化膿，不過就像牛痘，一般得過就免疫，一季而終。

我十一歲那年是一九六〇年，正值饑荒年饉。江南好像沒那麼慘烈，我們在杭州，大概因為有舟山漁場，報社食堂裡一日三餐吃帶魚，吃倒了胃口，但是我沒有飢餓的記憶。到了北京才發現，肉、油、細糧（白麵、大米）都要憑證，蔬菜極少。那時媽媽總讓我去買東西，記得她把那些票證藏得很嚴實，比錢還金貴，每次撕給我一張，總是只買二兩肉，細細的一條，家家戶戶如此，因為每月按人頭只供應半斤豬肉。大家在肉鋪排隊，老遠就盯著那割肉的，看他下刀割到哪裡，輪到自己是肥是瘦，若是白花花的一條肥肉，你連燒碗麵都不行，於是就會有人同那賣肉的吵架，誰敢同他吵，下回還讓你白花花拎一條走。剛到京城那年，好像是連豬肉也沒有的。春節前我們小孩子的一大任務，是兄弟姊妹輪班到大菜市場排隊辦年貨，無非是買些包餃子的肉和菜，卻要從半夜排起。我們那一帶最大的菜市場，在朝陽門附近，對面就是文化部大樓，記得那年我排了整整一天，凍得孫子似的，買來的居然是一塊馬肉，媽媽把它燉了，我只嘗了一口，很粗糙，還一股土腥味。

這西齋早已失去昔日的光環，像一個被遺棄的婢女，無人問津。話說北大遷往燕園之後，一九五四年中直機關事務管理局接管「沙灘大院」，分配給中央宣傳部使用，必定那時也將西齋劃歸過來了，此後沙灘大院大興土木，在當年的「民主廣場」北端興建了五層辦公樓和一批宿舍，西齋則一直沉睡著。這裡住的都是中宣部和《紅旗》雜誌社的人員嗎？我家住在好像是第七排的兩間房子裡。

「嗨，我叫渡江，住後排，你叫什麼？」一張笑咪咪的鵝蛋臉。

看上去就是樂天少心眼的一個男孩，在水池邊上跟我搭腔。名叫「渡江」，便是四九年春共產黨渡江攻打南京時生人，比我大幾個月。他們一家人住在後面的第八排，他是老大，下面還有兩個妹妹和一個孩童年歲的小弟弟。我似乎從未見過他的父親露面，只有他的媽媽，一個高個子大嗓門的婦人，好像脾氣暴烈，常常厲聲責罵孩子們，或指桑罵槐什麼，看得出來這家人發生了什麼，鄰里無人議論。渡江人緣好，跟西齋男孩們玩在一起，或去景山漫坡撒野，或去筒子河遛彎，並無芥蒂。忽一日，只聽見後排渡江媽媽爆發式的嚎啕大哭，原來他爸爸被發配新疆。幾個西齋男孩，默默來找渡江：

「咱們去北海划船，給你送行！」

我們出了西齋，從景山東門洞穿到西門，再往西走過一條幽靜小街，兩側皆深宅大院，出來就是北海東門了。這門叫陟山門，隔門相望，那座喇嘛教形制的白塔，頃刻就在眼前。再跨過一座陟山橋，便上了瓊島，沿湖畔小徑，往北繞到漪瀾堂。這裡在前清就是一個帝后們遊園泛舟的碼頭，末代皇帝退位後，幾個御廚跑來開了一家「仿膳」，聞名京城。漪瀾堂水面，氣派闊大，跟前就是租船碼頭。那天已是黃昏時分，大家駕船下水，還唱起歌來，划船能唱的歌只有一支，就是那首〈讓我們蕩起雙槳〉，我在杭州西湖划船也唱過它，歌詞有如「紅領巾迎著太陽／陽光灑在海面上／我問你，親愛的夥伴／誰給我們安排下幸福的生活」，盡是一些標準的五〇年代「幸福雞湯」，來北京後才知道，這首著名歌謠，是新中國第一部兒童電影《祖國的花朵》主題曲，就是在北海公園拍攝的。渡江自然再也唱不出這種歌詞，只奮勇划槳，而其他人也絲毫沒覺得尷尬、諷刺。湖面上風急浪大，大家吼著划著，只見渡江淚水滿臉，忽而大家也跟著哭成一團。這北海划船，彷彿歃血為盟，結拜弟兄，西齋男孩們做了一回死黨。

很久以後我才知道，渡江的父親叫李之璉，中宣部祕書長，他的劫難，竟然是跟中國文壇巨案「丁玲陳企霞反黨小集團」有染。那是一九五五年反右前，中國作家協會的文藝官僚劉白羽等，代表中宣部陸定一、周揚來管文學，跟以丁玲為首的創作實力派之間發生一場權力爭奪，當然丁玲落敗，被打成右派；而丁玲背後似又有胡喬木的支持，一九五八年再向中宣部遞交申訴，李之璉僅僅因為職位之故，恰好由他接手處理，也由此遭恨於陸定一、周揚，而在一九五八年被他們劃為「極右分子」。這是我十幾歲到京城裡看到的第一樁政治險惡，曉得周揚這廝在文壇的霸道；誰知快三十年後，中國大小報刊上圍剿我的《河殤》和報告文學的大批判中，最積極的打手，還是劉白羽這老頭。弔詭的是，丁玲在延安就說過「黨管文學」的話，她自己最後被黨管到死，她跟周揚之間，難道真有是非嗎？而中國的文學至今也沒有逃出黨的牢籠。文革後李之璉獲平反、復職，但是我再也沒有見到渡江。

歪脖老槐樹

我家剛搬進西齋的那天下午，親友就攛掇我們趕緊去看「皇帝上吊的樹」。出西齋往西一拐，一抹黃瓦紅牆圍繞的景山幾乎就在隔壁。從東側門進去，沒走幾步，那據說是人力堆出的山包的東麓，遊人簇擁之處，便是此一名勝。我擠進人群，兀見一棵枯老的槐樹，由柵欄圍住，手臂般伸出的一根枝幹上，慘然懸掛著一團鏽蝕的鐵鍊，像是有一個人被鎖在這裡示眾。「你們看這個——」，爸爸指了指柵欄上的一塊牌子：「明朝崇禎皇帝朱由檢自盡處」。

對我這個四九年以後出生的人來說，好像就是崇禎在這裡被戴枷示眾了。明朝黑暗不黑暗、崇禎值不值得同情，都是另一回事，那老槐和鐵索的象徵，乃是整個四千年中國文明被釘在恥辱柱上，所以毛澤東「俱往矣，數風流人物，還看今朝」這句狂言，才會有無窮魅力。

這個著名景點，節假日總是擠滿圍觀的遊人，平時卻闃無一人。那樹已然枯老，主幹延伸出一根長長的枝幹，彷彿是從明末亂世伸過來的，無力地觸碰今日。我從少年起看它，日日熟視無睹，卻並不知道，這處奇特的「名勝」，借一個亡國之君說戲，演了三百年意味深長的活劇。

最早其實是在清初，順治下令以鐵鍊鎖樹，斥為「罪槐」，以示籠絡中原漢人，可見邊陲八旗，以小族弱勢征服人多地廣的漢族，必定處心積慮、機關算盡。那根鐵鍊，據說在「庚子事變」那年被「八國聯軍」掠走，後來補的這根純粹是道具了。一九三一年民國在樹下立碑「明思宗殉國處」，彷彿「驅逐韃虜」了，總要有所告慰，好歹朱明也是一個漢人王朝嘛。一九四四年，華北日偽政權竟有一個「明思宗殉國三百年紀念籌備會」出來，另刻了一塊新碑，無疑比附順治，卻顧不得燕京尚在日本軍事占領下。誰承想，又過二十年，京城再次改朝換代，一九五五年，居然有位首都副市長是明史專家，指舊碑對李闖農民義軍不敬，批示拆除，換了這塊木牌，並直書「明朝崇禎皇帝朱由檢自盡處」。從此，觀眾再也讀不懂老槐鏽鏈的原意，而星移斗轉萬千遊人目睹此物，都不會感慨造化弄人。

明太祖誅丞相胡惟庸，罷中書省，政歸六部，一改魏晉以來丞相當國的傳統，是千餘年制度之巨變。洪武罷相，且不准後世再議，有奏請設立者，論以極刑。史家嘗言，罷相令中樞虛空，乃明朝閹禍之端倪。

崇禎亡國的當口兒，召三個皇子入大內，匆匆細囑世系，再遣散至外戚家；旋即吩咐后妃一一自縊。然後，他自己竟帶著秉筆太監王承恩，離宮欲遁出安定門逃生，無奈沒有搬動那城門，這才返身回皇宮，經北門去煤山，找了棵樹上吊。那途中還不忘派個太監去慈慶宮，吩咐他父皇天啟的皇后張嫣娘娘自縊。從後世文獻或演義裡，影綽可見那烽火熊熊的塌天之際，偌大一個皇宮裡，這主僕二人東奔西突只做一件事，就是在大內四處督促皇室女性自盡，崇禎還親手砍死年僅六歲的么女，再拔劍去砍十五歲的長公主，因手軟只砍掉其左臂。故老留下的雜錄隨筆稱，崇禎一隻腳踩著太監的鞋，手裡還掂著一支三眼槍，王承恩身後還跟著十幾個人。一本清代筆記閒書上說，甲申塌天之際，崇禎跑到煤山東麓的這棵歪脖老槐樹來上吊，身邊並沒有一大群太監跟著，只有「大璫」王承恩一人而已，書上稱之為「對縊」。

明清史大家孟森對崇禎的一句評語至今新鮮：「毫無知人之明，而視任事之臣如草芥，當彼時會，烏得不亡？」崇禎一朝，巡撫被屠者十有一人，誅總督七人。可憐他留下槐樹這個「歷史標本」，穿越滿清三百年，又加民國、淪陷、內戰的血火四十年後，不期然竟讓新王朝借了這套道具，順勢做成「歷史唯物主義」的最佳注腳。那倒也罷了，「崇禎本質昏頑」，活脫脫成了釘定朱明「至愚不孝之子孫」的恥辱柱；而明史在「新中國」已成極險峻的一門學問，全因為當今「皇上」處處模仿朱洪武，到了亦步亦趨的程度，最著名的一例是「深挖洞，廣積糧，不稱霸」，照抄朱元璋的「高築牆，廣積糧、緩稱王」。

這座景山公園，每天清晨很早就開門，四周居民，尤其是上點年紀的，一大早就要來這裡遛彎、打拳。住在我們西齋的人，都是過街從正對面的東側門進去，進門照例順著那條環山小徑直行，右側是少年宮，舊稱壽皇殿；左側是五峰比肩的煤山；順小徑橫穿到西頭，再往南繞到正門，即正對著故宮神武門的那個門，明朝喚作「北上門」；再朝東拐過來，須臾就到了那株歪脖老槐樹跟前。

或你也可以就從「罪槐」旁邊，拾階登山。景山史稱煤山，明朝叫「萬歲山」，筒子河的挖泥堆出煤山五峰，沿山脊築就五座亭子，皆立於琉璃牆台基之上，五亭曾供五佛，都不翼而飛。從東麓上去，沒幾步，就遇到第一座亭子，喚作周賞亭，八根亭柱挑著一個孔雀藍琉璃筒瓦重簷圓攢尖頂，雖已斑駁，小巧精緻的原初樣貌仍在。煤山的鬧騰時刻常常在下午，附近街巷的小孩子們放學後，都來這裡撒野，漫山道上下亂竄，清晨則是空山靜謐，唯兩畔松濤呢喃。

我家搬離西齋後，我偶爾還會來逛景山，每次都會走到「罪槐」跟前，常常就從這裡拾階而上，而從「罪槐」旁走過的時候，想起的不是崇禎，而是前面提到的那位首都副市長兼明史專家，就是吳晗。吳晗研究者李輝如此寫道：

吳晗死在一九六九年十月十七日。距姚文元的文章發表正好整整四年。聽說他死之前，頭髮已經被人拔光。含冤死去時，他不知道與自己患難與共的妻子，已經在半年之前被迫害致死；他更無從知道，他所喜愛的女兒，七年後，在文革即將結束的前夕，也會因承受不了巨大精神壓力的情形下而自殺。待他得到平反時，為他守靈的家人，只有兒子一人。

吳晗一九四九年是清華大學軍管會副代表、最左傾的學者。他年輕時就開始研究明朝文字獄，寫《朱元璋傳》也著力寫他的權力病態，毛澤東讀後不快，直接逼他將明太祖「晚年應該寫得好點」，吳晗不從，結果他的《海瑞罷官》，成為文革的第一祭刀，而追溯這場腥風血雨的起點，人們發現，最早動員吳晗寫海瑞的，竟然是胡喬木。

萬春亭

景山是挖筒子河的泥堆出來的山包，又人工裝點風景，真正一座「假」山。那裝點又以沿山脊築就的五個亭子最精緻，東西對稱四個，山頂中央的一座叫萬春亭，正好壓在古都中軸線上，直到六〇年代還是俯瞰北京城的最高點。那時北京清朗的天際線還沒有被一座座方盒子巨廈劃破，從萬春亭朝南望去，連故宮太和殿都很低矮，唯一還高出它的，是天安門廣場上紀念碑那碣山式的碑頂，猶如在金色波浪起伏、大殿雄峙的中軸線上，壓了一頂白色小帽。這紀念碑是梁思成和林徽因設計的，據說他們很不情願破壞古都中軸線，共產黨既然非要在天安門前擴一個巨型廣場，築一座碑，他們就勉為其難把它設計在中軸線上。

六〇年代初的景山，滿坡都長著茂盛的灌木叢，不似今天這般斑禿。幾條石砌的小道，宛如林間小溪從山頂瀉下，任遊人攀登，可孩子們更喜歡從灌木叢中鑽向山頂。他們在滿是鉤刺兒的枝條裡撒潑滾爬，攀到崇禎上吊的那棵老樹上去裝吊死鬼，或者去偷看躲在樹叢裡親嘴的戀人。這群孩子裡有個穿橫條圓領衫的，那是少年的我。對於都市裡的少年來說，唯有這灌木叢是他們的大自然。其他的一切都是屬於城市和成年人的。

我們天天在這山坡上發洩剩餘精力，絕無一絲耐心到山頂上停留一會兒，看一眼自己生活的這座城市。只有到了精疲力竭時，我們才癱軟在萬春亭的廊凳上，讓習習涼風晾乾滿身臭汗。這時，我們才惶驚地面對著大都市。

南邊隔過一條馬路，便是故宮那鋪天蓋地的一大片琉璃瓦，頗像一個黃燦燦的金色大湖落在景山跟前；眼神兒順著波浪一樣朝南湧去的排排大殿正脊溜過去，直撞到一座小島般浮起的白色建築上才收住，那是紀念碑碣山式的碑頂；轉過身來朝北望，又有重重巍峨城樓從極遠處挨著個兒朝這萬春亭呼嘯而來，這亭子，是那節奏雄偉的古都中軸線的南北交匯點。當我們被這種震撼魂魄的秩序壓得有些發喘時，每每把頭扭向西邊，便在那宛如一葉潔白、神祕、飄逸的浮雲似的白塔上，驀然獲得某種溫馨柔美的安慰。

記得有個國慶之夜，我們幾個夥伴坐在萬春亭石基下的灌木叢裡看禮花。從黑壓壓的故宮大殿群背後沖起的滿天繽紛煙火，把那些大殿和整個景山不斷染成各種顏色。禮花明滅之間，我偶然瞥見幾步外的一叢灌木裡，一對戀人裹條毛毯緊偎著也在看禮花，我猜想周圍的灌木叢裡一定還有不少這樣的戀人。在隆隆轟鳴和閃爍中不知過了多久，我忽一回頭，借著乍然耀亮長空的禮花灼光，發現旁邊那對戀人沒影兒了，再一細瞅，只見那毛毯裹成一團，兩人似在那毯子下面劇烈扭動，排雷般的巨響和撩亂的五光十色對他們來說都不存在了……當時我很納悶兒，這麼棒的禮花不看，大黑天跑景山來幹什麼？不如回家待著去！

禮花。盛典。海市蜃樓。灰飛煙滅。多少年後我才忽然明白，那國慶之夜露宿景山樹叢裡的一男一女在幹什麼。他們做的事無疑是同沒有一間房子有關，而他們偏偏把這件事做在古都中軸線的南北交匯點上，做在萬民同慶的國典之夜，做在璀璨絢爛的天空之下，於是讓我懂得了，他們的壓抑有多痛苦。這折磨漸漸銷蝕了人們最基本的情趣，改變了他們的價值取向，使他們對祖先留下來的這座美麗的城市，一代比一代冷漠了。

萬春亭除了深夜淨山之外，永遠遊人熙攘。特別是夏天的傍晚，亭中清風鼓漲，八面清爽。亭子極大，有兩層迴廊，築於一個巨型基座之上，東西兩側都有數百級石階，往往坐滿了來此納涼的四方居民。我們西齋的男孩們，更是一放學就在這裡撒野，一直要到月盤浮上中天，滿園響起淨山的吆喝聲才回家。此時，夥伴們也會互相照應一下，別丟了誰家的小弟弟，要知道東山腳下還有那棵吊死崇禎的樹呢，沒準兒夜裡有鬼魂的。逢到這會兒，最難拉走的，是叫小松的一個男孩，他每天放學後就到萬春亭來，擇塊空地擺上一副象棋殘局，邀遊人對弈，老少不拒，看誰能贏他。殺得難分難解時，誰也拉不動他，只有拿「待會兒崇禎出來」才能嚇走他。

小松才是個小學生，聽說有什麼病，十幾歲還尿床，又沒有兄弟姊妹，在家憋得慌，整天捧著一副棋走門串戶找人下棋，先是殺遍小孩，又找大人下，西齋竟沒人下得過他。最初他來找我下，我看是個小孩，沒放在眼裡，誰知幾步就被他將死，我惱了，逼他再下，還是盤盤皆輸。後來我才發現，小松的棋是有路數的，我卻是亂走，那幾日我昏天黑地，睡覺夢裡都是棋盤，終於不敢再下。西齋喜歡下棋的老人們，提起小松來總說：「那可憐小子，是個神童，他是讀他爹的棋書的。」當時我不懂為何說他可憐。

小松依然在萬春亭擺他的殘局，納涼的人們無論老少，都是先輕視他，末了都敗在他手下，很少有贏他的。畢竟納涼者都是景山附近的住戶，常來常往的，漸漸沒人找他下了，小松倒寂寞起來，這小子並無獨步萬春亭的驕傲。有回他坐在殘局前一個人發呆，怪可憐的，見我過來，喃喃自語著：「怎麼就沒人能將死我？」

「你有棋書呀。」我接了一句。

「那本書早讓我翻爛了。誰能將死我，一定是高手，我就有師拜了。」

我家搬出西齋後，再沒聽說過小松的情形，大概文革剛結束的時候，我隱隱約約聽到一個說法，小松的生父原來是田家英。這種私密流言，可能是無稽之談、捕風捉影，可能也不會空穴來風，但是一向無法考證的。我這才想起西齋耆老說他那句「可憐小子」，暗含了什麼不能說破的。我不知道田家英是否也下得一手好棋，只知道他乃一位骨鯁之士，尤其厭惡江青、陳伯達，傳說他對老毛說了三句話：一是能治天下，不能治左右；二是不要百年之後有人來議論；三是聽不得批評，別人很難進言。這三句話要了他的命。他竟自盡在毛的書房，用心淒厲。田家英詩文亦好，留在人間最著名的，是一九五九年廬山會議期間寫的一句名聯。據李銳回憶：

> 七月二十三日，正式宣布批判彭德懷同志之後，我和家英等四人，沿山散步，半天也沒有一個人講一句話。走到半山腰的一個石亭中，遠望長江天際流去，近聽山中松濤陣陣，大家仍無言相對，亭子中有一塊大石，上刻王陽

明一首七絕，亭柱卻無聯刻，有人提議：寫一首對聯吧。我撿起地下燒焦的松枝，欲書未能時，家英搶著寫了一首名聯：

四面江山來眼底，萬家憂樂到心頭。

寫完了，四人依然默默無聲，沿著來時的道路，各自歸去。

不知道田家英有沒有登過景山萬春亭？

中軸線

景山對我的薰陶，後來漸漸壓過了「晨夕兩頭都跟湖上的朝霧晚霞相遇」的「西湖霧化」感，而將「古都感」澆鑄進我的心裡，令我在八〇年代曾瘋狂追尋一對建築師詩人伉儷在古都留下的蹤跡與歎息，中國再也沒有產生比他們更優美的古都吟唱，以致今天我還是忍不住引用他們的原文——梁思成、林徽因關於「古都中軸線」的一段描述，寫於一九五一年，也許當年根本沒有人聽得懂他們，才令古都隕落，而我只有站在景山頂上，終於看懂了他們宏偉的描述：

大略的說，凸字形的北京，北半是內城，南半是外城，故宮為內城核心，也是全城的布局重心。全城就是圍繞這中心部署的。但貫通這全部部署的是一根直線。一根長達八公里，全世界最長也最偉大的南北中軸線穿過了全城。北京獨有的壯美秩序就由這條中軸的建立而產生。前後起伏左右對稱的體形或空間的分配都是以這道中軸為依據的。氣魄之雄偉就在這個南北引伸、一貫到底的規模。

我們可以從外城最南的永定門說起，從這南端正門北行，在中軸線左右是天壇和先農壇兩個約略對稱的建築群；經過長長一條市樓對列的大街，到達珠市口的十字街之後，才面向著內城第一個重點——雄偉的正陽門樓。在門前百餘米的地方，攔路一座大牌樓，一座大石橋，為這第一個重點做了前衛。但這還只是一個序幕。過了此點，從正陽門樓到中華門，由中華門到天安門，一起一伏、一伏而又起，這中間千步廊（民國初年已拆除）御路的長度，和天安門面前的寬度，是最大膽的空間的處理，襯托著建築重點的安排。這個當時曾經為封建帝王據為己有的禁地，今天是多麼恰當的回到人民手裡，成為人民自己的廣場！

由天安門起，是一系列輕重不一的宮門和廣庭，金色照耀的琉璃瓦頂，一層又一層的起伏峋峙，一直引導到太和殿頂，便到達中線前半的極點，然後向北，重點逐漸退削，以神武門為尾聲。再往北，又「奇峰突起」的立著景山做了宮城背後的襯托。景山中峰上的亭子正在南北的中心點上。由此向北是一波又一波的遠距離重點的呼應。

由地安門，到鼓樓、鐘樓，高大的建築物都繼續在中軸線上。但到了鐘樓，中軸線便有計畫地，也恰到好處地結束了。中線不再向北到達牆根，而將重點平穩地分配給左右分立的兩個北面城樓——安定門和德勝門。有這樣氣魄的建築總布局，以這樣規模來處理空間，世界上就沒有第二個！

在中線的東西兩側為北京主要街道的骨幹；東西單牌樓和東西四牌樓是四個熱鬧商市的中心。在城的四周，在宮城的四角上，在內外城的四角和各城門上，立著十幾個環衛的突出點。這些城門上的門樓、箭樓及角樓又增強了全城三度空間的抑揚頓挫和起伏高下。因北海和中海、什剎海的沕沼島嶼所產生的不規則布局，和因瓊華島塔和妙應寺白塔所產生的突出點，以及許多壇廟園林的錯落，也都增強了規則的局和不規則的變化的對比。在有了飛機的時代，由空中俯瞰，或僅由各個城樓上或景山頂上遙望，都可以看到北京傑出成就的優異。

五〇年代北京測繪人員發現，這條中軸線有點偏離子午線。二〇〇四年中國測繪研究所測繪員夔中羽再次驗證，中軸線到達最北邊的鼓樓，已偏離地球子午線兩度多，也就是說，地安門一帶，歪出去了三百多米，依照「面南稱帝」而言，其嚴重性則是元明清三朝皇帝們的龍座，都是歪的。

紫禁城

我常會站在景山萬春亭上，向南俯瞰神武門。它後面的這座紫禁城，也不免有一段「現代史」。

一九一二年二月十一日，清隆裕太后正式同意民國所定優待條件，決定宣統帝「辭位」。第二天，她在養心殿將退位詔書交給外務大臣胡惟德，布告全國。詔書稱「今全國人民心理，多傾向共和，南中各省既倡議於前，北方諸將亦主張於後，人心所嚮，天命可知。予亦何忍因一姓之尊榮，拂兆民之好惡……」。

《大清皇帝辭位後之優待條件》共八款，其中一款：「『辭位』後，帝室暫居皇宮，日後移居頤和園，侍衛人等照常留用」。所以宣統溥儀的「小王朝」在紫禁城裡又待了十二年。

一九二四年，民國十三年，第二次直奉戰爭爆發，馮玉祥率部由熱河回師北京，發動北京政變，囚禁賄選總統曹錕，隨即馮玉祥派鹿鍾麟帶兵到紫禁城。

一九二四年十一月三日鹿鍾麟率部占領了紫禁城北面的景山，並將紫禁城的內城守衛部隊全部繳械，紫禁城的崗哨都換上了國民軍士兵。十一月五日上午約九點多，溥儀和皇后婉容正在儲秀宮，邊吃水果邊聊天，突然內務府大臣臉色慘白的跑進來交給溥儀一份公文，公文的內容是要「修正」原來的《清室優待條件》，其實就是廢除了《清室優待條件》。

鹿鍾麟讓人傳話給溥儀，要求皇室在三小時內全部搬出紫禁城。溥儀的私產可以帶走，但私產僅限於隨身攜帶的珠寶、銀兩、日用品等等。紫禁城中的文物一律劃歸公產，歸民國政府所有。

胡適聞訊立刻抗議。胡適的意思是，清室的優待乃是一種國際的信義條約，是達成協議人家才退位的，這是一個非常好的範例。你這個承諾，只要民國的法統還在，它就是有效的。他認為這是民國史上一件最不名譽的事。

宣統出宮後，以黃郛為總理的北方政府隨後下令成立清室善後委員會，接管紫禁城並清點宮內文物。一九二五年十月十日正式成立國立故宮博物院，此前遜帝溥儀已將一千兩百餘件書畫精品、古籍善本和大量珍寶運出宮。

一九三三年華北形勢突變，國民政府命令故宮文物南遷，計有圖書、文獻並古物共六千零六十六箱，分五批南運，經鄭州、徐州運至南京和上海分存。一九三七年盧溝橋事變後，故宮文物再向西遷，分為北、中、南三路經火車和水運，經三年多至四川。抗戰勝利後，故宮文物又再度運回南京。一九四八年到一九四九年，國民政府將文物運往臺灣島保存，因戰爭形勢突變只運了三次，其中第三次擬搬運一千七百箱，由於運輸艦艙位餘地有限，加之僅有二十四小時裝船時間，結果只運出九百七十二箱，另七百二十八箱留在了大陸。運至臺灣的文物皆為精挑細選的文物。一萬多箱南遷文物中總共運台二千九百七十二箱，占南遷箱件數的百分之二十二。四散中國各地的古物已在一九七〇年代以後陸續運回故宮博物院。

紫禁城在四九以後，可議之事大概只有一件：故宮幾乎毀於「改建」。二〇〇五年十月《故宮博物院八十年》一書出版，其中披露在一九五八年，當時的北京市長彭真說，「故宮是給皇帝老子蓋的，能否改為中央政府辦公樓？」《北京市總體規劃》的改造方案，是「在故宮內部建設一條東西向的馬路，並將文華殿、武英殿改造成娛樂場所」。

回到梁林唱吟的紫禁城鳥瞰：

由天安門起，是一系列輕重不一的宮門和廣庭，金色照耀的琉璃瓦頂，一層又一層的起伏峋峙，一直引導到太和殿頂，便到達中線前半的極點，然後向北，重點逐漸退削，以神武門為尾聲。

從這片宮闕樓臺中間，開出一條馬路來，是何景象？

文革時期，又有一個「整改方案」，是「在太和殿前豎立兩座大標語牌，一東一西，高度超過三十八米高的太和殿，用它壓倒『王氣』；太和殿寶座要搬倒，加封條；在寶座臺上塑持槍農民的像，槍口對準被推翻的皇帝。把過去供皇帝到太和殿主持大典之前臨時休憩之處的中和殿，改建為『人民休息室』，把一切代表封建意識的宮殿、門額，全部拆掉……。」

毛澤東對紫禁城怎麼想的？一九五四年四月，他曾在四日內三登故宮城牆。

四月十八日下午，毛澤東乘車至故宮神武門內，由東登道上神武門城樓，沿城牆向東行至東北角樓轉向南，經東華門、東南角樓，到達午門，由午門城樓下城牆，回中南海。四月二十日下午，他又乘車至故宮午門內，登午門城樓，參觀設在那裡的歷史博物館出土文物展覽，下城樓回中南海。四月二十一日下午，他再次乘車至故宮神武門內，由西登道上神武門城樓，沿城牆西行，經西北角樓、西華門、西南角樓，到達午門下樓離去。

三次路線加起來，毛澤東正好在故宮城牆上繞行一周。這是毛澤東到故宮僅有的三次記載，而這三次他只登城牆不入宮內。他為什麼不到故宮裡面走走？無人知曉。

筒子河

故宮四四方方一塊，四角各有一座角樓。這角樓，雖不是午門、神武門那一類巍峨城樓（形制均如同天安門），卻精巧得多，彷彿雕梁畫棟都縮小了尺寸，而樣樣俱在。每座角樓立於護城河轉彎的直角頂端，跳開大城樓自成孤獨一景，常常在夕陽下散發出一股難言的惆悵。東南角上的那一座，離我家住的西齋，僅幾步之遙，對我而言，皇宮鋪天蓋地一如莫測的金色大湖，唯有這孑然一身的角樓可以寄託少年時的徬徨。

皇宮旁小街人生的開始，忽有一種極大的壓抑感降臨，叫我知道辛稼軒的「少年不知愁滋味」並不貼切，西湖邊上的年少爛漫、無心和「不知愁滋味」竟是帶不過來的，而少年有愁但不會描述才是真的。愁什麼？如今去回想，張嘴就帶南方口音，不會說京腔兒，在京城會被歧視，上課最怕老師提問，是很現實的一樁。我放學回家，每天路經故宮東南角樓，常常由不得止步，靠一棵樹幹眺望它，或趴到護城河的石岸端詳它。直到今天，那餘暉中的角樓身影還時常會在夢裡浮現。

這筒子河繞紫禁城一周，離城牆根兒其實很遠，這裡本來有宮牆外所謂「紅鋪三十六」，護衛故宮的森嚴兵丁值房，現在成了一條青翠的林帶，晨曦薄暮之際，乃是人們晨練、散步、戀愛的地方，演員在這裡吊嗓子，樂手吊他們的小號黑管，學生們則背書，某日清晨，我也開始在這裡背俄文，應付考試；黃昏時節也可以來這裡遛彎。多年後我才讀到老舍的一段感慨文字：「北京的好處不在處處設備的完全，而在它處處有空，可以使人自由地喘氣；不在有好些美麗的建築，而在建築的四周都有空閒的地方……。」北京話「喘氣兒」很有空間的神韻，物質精神都囊括了。據說老舍常常面對積水潭，背靠城牆，坐在石上看水中的小蝌蚪或葦葉上的嫩蜻蜓，心中安適寧靜，無所求也無可怕，像小孩睡在搖籃裡——曾經有過那樣舒坦的一個北京，但可以想見失去那種北京的老舍，日後是逃不脫要跳進太平湖的。

故宮城牆，其實就是小了一號的北京城牆；換言之，我在筒子河青翠林帶曾享受的空間神韻，是可以建構到北京巨大的城牆上下的，而這恰好是梁林伉儷的一個絕妙設計和夢想。他們在禮贊了故宮、中軸線等等之後寫道：

但是一件極重要而珍貴的文物，竟然沒有得到應有的注意，乃至被人忽視，那就是偉大的北京城牆……它的樸實雄厚的壁壘，宏麗嶙峋的城門樓、箭樓、角樓，也正是北京體形環境中不可分離的藝術構成部分，我們還需要首先特別提到，蘇聯人民稱斯摩林斯克的城牆為蘇聯的頸鏈，我們北京的城牆，加上那些美麗的城樓，更應稱為一串光彩耀目的中華人民的瓔珞了。

城牆上面面積寬敞，可以布置花池，栽種花草，安設公園椅，每隔若干距離的敵臺上可建涼亭，供人遊息。由城牆或城樓上俯視護城河，與郊外平原，遠望西山遠景或禁城宮殿，它將是世界上最特殊公園之一——一個全長達三九點七五公里的立體環城公園！

後世稱它是林徽因設計的「北京的項鍊」，但是在她自己的文字裡，她使用的詞更典雅：「瓔珞」。

梁林伉儷第一想完整保護古都不被政治中心擠壓，第二就想挽救天安門「T」字型宮廷廣場，與蘇聯專家激烈爭辯，負責首都改建的副市長吳晗斥責梁思成：「您是老保守，北京城到處建起高樓大廈，您這些牌坊宮門在高樓包圍下豈不都成了雞籠鳥舍，有什麼文物鑑賞價值可言！」梁當場痛哭失聲。毛澤東聞訊說道：「北京拆牌樓，城門打洞也哭鼻子。這是政治問題。」

天安門外的長安左門與長安右門一九五二年拆除，中華門一九五九年拆除。接下來梁林又竭力挽救起城牆來。一九五三年林徽因為了保住永定門城樓，指著吳晗的鼻子說：「你們拆去的是有著八百年歷史的真古董，將來你們遲早會後悔，那時你們再蓋的就是假古董！」兩年後林徽因病逝。

北京原本有三重城牆：中央是宮城（故宮），第二層是皇城，第三層是京城——分為內城、外城（即南城）。裡應外合的三道城牆，如今只剩下了孤零零的紫禁城。林徽因說的「瓔珞」，就是最外層的京城，「新王朝」決定拆除它，梁思成五〇年撰文力陳城牆存廢之得失，他說：「北京城牆除去內外各有厚約一米為磚皮外，內心全是『灰土』，這三四百年乃至五六百年的灰土堅硬如同岩石，粗估約一千二百萬噸，堆積起來等於十二個景山，用二十節車皮需要八十五年才能運完。」然而，這位大師所不敢想像的事情，在「深挖洞」的文革時代，不過是小菜一碟，輕而易舉就解決了。

昏日。人海。塵霧。一九六九年冬春之交，復興門城牆邊。

城牆像一根巨大的糖葫蘆，黑壓壓的人群像是那趴滿糖葫蘆的螞蟻。在昏黃的陽光下，北京市民從四面八方撲向城牆，用鍬鎬撬扛支解這條奄奄一息的長龍。從它身上剝下來的鱗片——那一米多長的方磚，被各種卡車、三輪車、板車、馬車、排子車和手推車，源源不斷地運到全市各個角落去砌防空洞。北京人拆得極為瘋狂，各單位飆著勁幹，比誰的裝備多、人力強。在那塵埃漫漫、萬斧霍霍之中，同那個時代非常對味兒的一種破壞欲支配著人們，使他們除了冷酷和殘忍的競賽之外，絲毫不會想到這是在剜挖北京的骨肉和民族的精魂。

……扛撬錘擊，夜以繼日。城牆雖然出乎意料的堅固，但終於崩潰了。被剝盡了鱗片之後，她就像一個扒光了裙衫的老嫗，露出了千瘡百孔、慘不忍睹的軀體。在她身邊，剝下來的鱗片堆成小山，標上某某單位或個人所有的記號；暫時運不走的，派人日夜看守。當全市「深挖洞」，和居民蓋小房的原料基本滿足後，「拆磚熱」漸漸冷卻，人們便不再理會這具血肉模糊的屍體，只有清華園裡還有個老人在為她哭泣。梁思成在報紙上看到，拆西直門時發現裡面還抱著一個元代的小城門，這時林徽因已經不在了，他央求續弦林洙：「你看他們會保留這個元代的城門嗎？」

林洙在回憶錄中寫道：

他懷著僥倖的心情對我說，「你能不能到西直門去看看，照一張像片回來給我？」他像孩子般地懇求我。

「幹嗎？跑到那兒去照像，你想讓人家把我這個『反動權威』的老婆揪出來示眾嗎？」……

一九五三年左安門拆除，一九五四年慶壽寺雙塔拆除，一九五六年中華門拆除，一九五七年永定門、廣渠門、廣安門、朝陽門拆除，一九五八年右安門拆除，一九六五年至一九六九年東直門、宣武門、崇文門、安定門、阜成門、西直門、元城牆拆除。東單和西單的牌樓也被拆除。只有正陽門、德勝門、鐘樓得以部分保存。

一九七二年元月九日，梁思成在北京醫院含屈而逝。

雪池胡同

半個世紀前，梁思成熱戀林徽因，恰在景山一帶，因為林徽因隨父親林長民，就住在那邊的一個小院裡。

我在前文〈西齋夜雨聲〉中交代過：「我們出了西齋，從景山東門洞穿到西門，再往西走過一條幽靜小街，兩側皆深宅大院，出來就是北海東門了。這門叫陟山門……。」

所以，從景山公園西門到北海公園東門之間，那條東西走向的老街，也叫陟山門街，從陟山門街中段往北一拐，有一條雪池胡同，胡同裡有個六號院，胡適曾在此短暫居住，還有個二號院，便是林長民攜林徽因居住的家。

一九二一年林長民帶著女兒林徽因從倫敦回國，就居住在北京東城雪池胡同，一直住到一九二五年，林長民稱為「雪池齋」。你熟悉民初掌故的話，就知道林家父女在倫敦邂逅徐志摩的那一場民初情戀，以及「用情之烈」，其中因牽連徐志摩離異張幼儀，後又追求陸小曼致其離異王賡，死去活來。但是，林徽因由「長輩設計」而與梁思成往來，恰在這「雪池胡同」時期，然後他們雙雙去了美國留學。

然而，這樁「民初情戀」成為後世「考據」顯學，不斷有新的發現問世。比如，說在倫敦「父女兩人同時與徐志摩談戀愛」，便是其中一大宗，且有林長民致信徐志摩可證：「足下用情之烈令人感悚，徽亦惶恐不知何以為答，並無絲毫mockery（嘲笑），想足下誤解了。」信末附言「徽徽問候」。更有人詮釋「長民志摩」間乃同性戀，徐志摩說：「有一次我們說著玩，商量彼此裝假通情書。我們設想一個情節，我算是女的，一個有夫之婦，他裝男的，也算有婦之夫，在這雙方不自由的境遇下彼此虛設通信講戀愛，好在彼此同感『萬種風情無地著』的情調。」

至於徐志摩急逼張幼儀離婚，則有張幼儀侄孫女張邦梅晚近的回憶錄《小腳與西服》做了詳細描述，講出一個令人吃驚的細節：一九二二年春她生下彼得，嬰兒還留在柏林一家產院裡，就去見來找她簽離婚書的徐志摩，在場的還有約翰吳（經熊）、金岳霖等人，她說要徵求自己父母的同意，徐志摩立刻搖頭。

「不，不，你瞧，來不及做這了。你必須現在就簽字。林徽因——」他頓了一下。「林徽因回國去了。我非得現在就離。」

所以徐志摩匆匆回國，肯定是知道林徽因許配給了梁思成。然而他一到北京，梁啟超就從上海給他一封長信：「義不容以他人之苦痛易自己之快樂，弟之此舉，其於弟將來之快樂能得與否，殆茫然如捕風，然先已予多人以無量之苦痛。」這話是借張幼儀家的立場，來澆他梁家的塊壘，畢竟是梁家要娶林徽因做兒媳。

但是徐志摩對老師也沒含糊：「我將於茫茫人海中訪我唯一靈魂之伴侶，得之，我幸，不得，我命，如此而已。」當時天下名流也為徐志摩寫出無數辯護的文字，好像都是衝著「飲冰室主人」去的，胡適更是「忍不住我的歷史癖」，發表了幾封信來做證明。

可是，在這「雪池胡同」的時空裡，並沒有出現徐志摩的身影。是不是徐志摩知道林徽因跟她的母親住在那裡，他不便衝撞？但是他卻知道另一個地方：北海公園裡的快雪堂。

快雪堂是松坡圖書館，一處幽靜院落，而梁啟超是松坡圖書館的館長，所以梁思成有鑰匙自由出入，便約了林徽因來此相聚。徐志摩找林徽因也找到這裡，引起梁思成的不快，便在門上貼一紙條：

Lovers want to be left alone.（情人不願受干擾。）

志摩見了，只得怏怏而去。

這個細節，竟出自梁實秋《賽珍珠與徐志摩》。

梁啟超乃「維新主帥」，卻依循舊傳統替兒子安排婚姻，後世便有好事者揣度林徽因、梁思成婚後「幸福」成疑。

一九二三年梁啟超給長女梁思順寫信，曾頗為得意地談到他的「設計」：

> 我對於你們的婚姻，得意得了不得，我覺得我的方法好極了，由我留心觀察看定一個人，給你們介紹，最後的決定在你們自己……徽音又是我第二回的成功。我希望往後你弟弟妹妹們個個都如此。（據丁文江、趙豐田：《梁啟超年譜長編》）

然而，林徽因與梁思成並合不來，似乎與同在美國的大姑子梁思順也不和睦。一九二五年七月十日，梁啟超致信梁思順等隱約提及：

思順對於徽音感情完全恢復，我聽見真高興極了。這是思成一生幸福關鍵所在，我幾個月前很怕思成因此生出精神異動，毀掉了這孩子，現在我完全放心了……（同上）

按林徽因之弟林宣的說法：

梁思成、林徽因結婚以後，家庭生活充滿矛盾。……從性格上講兩個人很合不來……梁思成和林徽因在一起處處讓著林徽因，經常沉默。林徽因對此很反感。（據〈林宣訪談錄〉，收錄於陳學勇：《林徽因尋真林徽因生平創作叢考》）

坊間傳說林徽因畢生情感周旋於徐志摩、梁思成、金岳霖三人之間，也是她婚姻並不幸福的證據。徐志摩一九三一年空難之後，梁思成曾去山東飛機墜毀處，拾回殘骸一塊，林徽因長年掛在臥室牆上。

雪池胡同，因冰窖而得名，清朝有六座皇家冰窖在這裡。據《大清會典事例》，紫禁城內，設冰窖五；景山西門外，冰窖六；德勝門外，冰窖三；正陽門外冰窖二。分藏京河通州龍王堂、蓮花池等處之冰。雪池胡同的六座冰窖，屬皇家御用冰窖。儲存之冰，夏季專供皇宮中消暑降溫，食品的防腐、冷藏之用。

紅學家

許多小胡同的旮旯裡「藏龍臥虎」，大概是北京永遠的特色。你的鄰居，某個邋遢的老爺子，可能是大清的貝子貝勒，或北洋的某任外交部長，或傅作義的一個將軍，都不奇怪。蟄伏的舊文人則更如斷線的珍珠撒落在草窠裡。

我家住在西齋第七排，前一排住著一家姓吳的，三兄弟分別叫大豬、小狗、小貓，還有一個小妹妹乾脆叫小老鼠。他們的父親不像個共產黨的「秀才」，頭上老是戴頂全院獨一無二的貝雷帽，也從不見他上班。漸漸聽年長一點的玩伴說，大豬的爸爸學問最大；我去問我爸他是誰，老爸的口氣也很吃重：「他是紅學家，很有名的，研究曹雪芹身世沒人比得過他。」

紅學家最大的麻煩是電話多。西齋上百號人，只大門口一部電話，門房老頭只聽鈴響，逮住玩耍的孩子跑去叫人，拎住誰是誰，有個傍晚，我正在大門口瞎逛，被門房拎住叫人去，正是大豬他爸爸的電話。老頭氣喘吁吁跑來，用洋文對著話筒叫嚷了一陣，末了看了我一眼，說幸虧你去叫我，這是英國打來的。我那時還真鬧不懂《紅樓夢》跟英國有什麼關係。很多年後我在普林斯頓大學的東亞圖書館裡，見到不少他寫的書，大多是考證曹雪芹在北京西山寫《紅樓夢》的專著，才知道他本人也是個旗人，與紅學有點什麼特別的淵源，也出洋留學過，就更詫異他如何能憋在西齋那陋屋中，去研究鐘鳴鼎食的富貴溫柔鄉？

我搬出了西齋之後才知道紅學家叫吳恩裕，卻再沒見過他。後來在網路上讀到一篇文字〈想起吳恩裕先生〉，作者劉自立，不僅跟我同在沙灘大院住過，此文他說「上個世紀七〇年代初葉，因為父親問題，我們闔家被驅趕出北京沙灘中宣部大院，移居西齋斗室」，自然跟吳家做了鄰居，所以在他的筆下又出現了「紅學家」：

一日，忽見一位身體微胖，眼架金絲眼鏡者，氣宇不太軒昂，卻也不俗於人眾者，慢慢走過，頓生一絲好奇。因為和那些舉止夾著尾巴者，到底身心顯示出很大不同。後來聞知，此公，吳公恩裕也，本是大名鼎鼎之北大教授，卻也住在這裡斗室之中。再後，詩人北島與我遊，說是，也在此找過吳恩裕先生約稿《今天》。我本是見過此公，卻並未深談過。西齋格局是這樣。門開向北。進院後就是一個小通道。然後，從南向北，延伸十幾排房舍。我們家住在頭排，吳家住在後面六、七排。排房高大，隔間卻小。也沒有暖氣和煤氣。

我知道吳先生精神不同於文革中人，就是因為我夜遊見友回房，常常聽見吳教授於深夜，尚在高談休謨，孔德；聲如鐘磬。我那時也讀哲學，就往往偏聽一遍，只是可惜，不記得吳先生具體觀點了。後來聽人說，吳恩裕是政治哲學教授，是紅樓夢專家，與喬冠華同學於德國，又是拉斯基的學生（還說，他並不贊成喬與章之後來婚事，云云）。堂堂北大著名教授，何以會和西齋底層雇員住在一起；是誰讓他搬出北大；他的政治學觀點，在一九四九年以後如何安置？他的拉斯基學生的身分，如何排解？他在後來的政法大學，教什麼課？是紅樓夢，還是政治學？他的政治學，和中國無政治學，只有毛學之悖，何以解決？等等。以後，我作為吳先生鄰居，逐漸有所交談，卻也多是寒暄問候，並無深入。七九年前後，一日，我忽然在《人民日報》上看見一次官方活動人員排名，吳恩裕排名在于光遠之前。這讓我很是注意。也說明，耀邦時期對於某種人文和聞人的一些尊重，也說明，吳先生之文化人重要地位，有所恢復。這在毛時期，絕無可望。再一事。小街道中，我每每看見吳恩裕或交談於小販，或購物於小店，於五行八作，三教九流似乎很是融洽；固然，這個三教九流和五行八作，早就名不副實，是一個消滅和救平階級的淡出。忽然，我進得一家小縫紉店。這裡有一個公用電話。只見吳恩裕正在電話裡，向對方談及他的房子、車子和孩子（乃及他家安裝電話事宜）等等課題如何解決。於是，我原本疑問，得到證實。吳先生，本來不是居住於此，而是被排擠，迫害後居住於此，和我家景況同，是可以等待落實政策的。

是否中國老一代《紅樓夢》專家應該是胡適、俞平伯、吳恩裕三分天下？我不得而知。偶見張中行《負暄瑣話》中有一則「信而好古之類」，說五四以來的紅學「有一股邪風，不是考，而是『造』，由故居、畫像一直到書籍其中真是龜毛兔角，無奇不有」，下文竟有一句：「這種以幻想充當事實的作法，可以舉吳恩裕為代表。」有趣在於，這是住在景山東街緊挨著的兩個院子裡的兩位老先生。

我在美國居然遇到吳恩裕的一個兒子，只是我想不起來，他究竟是大豬、小狗、小貓裡頭的哪一個？

文華殿曹雪芹展覽

說到《紅樓夢》，其實我是勉強讀完前八十回，就不要讀它了，大概文化低、鑑賞力差，以後對海內外的種種「紅學熱」我也一向很淡。然而在少年時代，我還真的飽受一次「紅樓夢」的視覺衝擊，終身難忘。

那是在不大吃得飽的一九六三年，故宮舉辦了一次曹雪芹展覽，是他的逝世二百周年紀念，在紫禁城東側的文華殿展出，展品多達兩千多件，皆為康雍乾時代的服式、器物、園林建築，有六個展室，琳琅滿目。這文華殿，要繞到東華門進入，離西齋也不遠，順北池子大街一溜彎就到了。

我至今還有印象，整個展覽會最奪目的，是一件大紅猩猩氈斗篷，也就是書中賈寶玉身上老披著的那一件，它是展覽主辦人錢杏邨（阿英）在故宮地庫裡「淘寶」淘出來的，令他喜出望外；他還淘出一件俄羅斯毛裘，元春歸省時穿的那件，非常得意，說：「我也未曾想到，還真有這樣的毛裘！它是用孔雀毛撚成線，再加金線縷織成的」——跟曹雪芹在書中描寫的細節完全吻合。

「紅學」裡面，有一門通俗紅學，也就是從《紅樓夢》衍生出來的繪畫、戲曲、說唱藝術等等，阿英是這方面的專家，出版過《〈紅樓夢〉版畫集》、《紅樓夢書話》兩本書。六三年他著手籌辦這個展覽，選了兩個助手：一個是畫家黃苗子，管史料；一個是漫畫家丁聰，負責裝潢布置。兩個人都是「摘帽右派」。

展覽會從曹雪芹的生平、家世到《紅樓夢》的各種版本、著述，一覽無遺。至於《紅樓夢》時代的參考文物，他們從故宮文物庫裡，精心挑選出康雍兩朝頒發給曹雪芹祖先的誥命，曹寅、曹頫給康熙、雍正的奏摺，還有曹頫、李煦被革職抄家的檔案史料等，甚至《紅樓夢》裡描繪的聯珠帳、琥珀杯、金玉如意等，都找出來展覽。

有一方二寸多長的石硯，在二千件展品中鶴立雞群，即那件薛素素的脂硯，是張伯駒的藏品，據說展前張伯駒將此硯讓周汝昌鑒賞，周建議他送展，脂硯可能是第一次面世。我後來在網上看到，一九六六年脂硯由外地展出返京時神祕失蹤，至今下落不明。這方名硯，幾百年裡都是蹤跡神祕。史傳，它最早由明萬曆間名妓薛素素所藏；康熙晚年，由余之儒從薛氏後人手中購得，旋贈與曹寅。此後歲月倥傯，至一九五三年，此硯被重慶金石家黃笑芸在一舊貨攤上發現，以二十五元買下；一九六〇年張伯駒鑑定此硯乃薛素素舊物，遂以一千二百元購下收藏。

展覽會還有一個亮點，是幾幅大畫，但是我記不真切細節了。所幸在網上偶見一篇文字〈想起曹雪芹〉，作者鄉公，竟也是當年的一位觀展者，且極有用心的隨身帶了一個小本子，記下三十四頁紀錄，其中提到：

曹雪芹的生平及家事，記得這部分給我印象最深的，不是介紹文字，而是幾幅大畫，是由劉旦宅、賀友直、林鍇分別創作的。現在依手中資料，可知畫共十一幅，分別是：豪門公子、似水流年、家遭巨變、宗學就食、舊恨新愁、山村著書、廢寺留詩、畫石寄傲、佩刀質酒、十年辛苦、淚盡絕筆。當時只覺幅幅精彩，給人震撼，三位畫家身手不凡，當年三位正精力旺盛之時，想必也是他們自己稱心之作。

林鍇的一幅曹雪芹巨像，給我印象尤深，雪芹青袍冉冉而立，手持玉管，圓顱豐頰，天庭飽滿，身後一枝寒梅，背景似展現「滿紙荒唐言，一把辛酸淚」圖景……。

這個展覽吸引了二十一萬人次參觀，盛況空前。展覽結束後中央新聞紀錄電影製片廠拍攝了紀錄影片《紀念曹雪芹》。接下來，又有一個不大不小的「紅學」熱，六三年發表的紀念曹雪芹的紅學研究文章多達一百三十六篇，撰稿人包括沈雁冰、楊絳、何其芳等。

這次展覽，是經周恩來批准，由文化部、中國文聯、中國作家協會和故宮博物院聯合舉辦。一九六三年是什麼年景？從一九五八年到一九六二年，現在有人稱之為「五年大饑荒」，中國餓死幾千萬人，劉少奇對毛澤東說「人相食，你我要上書的」；一九六二年初有一個「七千人大會」，毛澤東作了檢討，此後開始包產到戶、農村救命；城市裡開始了「票證時代」，什麼肥皂票、火柴票、煙筒票、鐵爐子票、鐵鍋票、鋁壺票、生爐子用的「劈柴票」和「炭煤票」；還有大衣櫃票、大木箱子票、木床票、圓桌票、鬧鐘票、手錶票、電燈泡票、縫紉機票、自行車票等，北京市一九六一年度憑票供應物品達六十九種。

後來有人回憶起來，把極流行〈無產階級文化大革命就是好〉這首歌改成這樣：

嘿，九十號！九十號呀，九十號，九十號！
煙號票，酒號票，豆瓣兒豆粉全要票。
肥皂一月買半塊，火柴兩盒慢慢燒。
媽媽記，娃娃抄，號票不能搞混了。

所以京城裡弄個「紅學熱」，也是為了鬆弛、調劑吧？

「記住老師說的話」

提到北池子，那就說說北池子小學，我到北京在那裡讀完小學最後兩年。

我從景山東牆外走過來，天天走到那筒子河的東南角，朝南拐彎，與角樓朝朝暮暮，走著上學。故宮東側筒子河外那條街，叫北池子大街，往南過了東華門，就叫南池子大街了。自古這條街都是皇親國戚的大宅門，沿街綠蔭深濃。也就是一里地遠吧，就有一所小學，紅牆黃瓦，王府一樣的朱漆大門，進門有照壁。

我現在還記得，我們好像是在廟裡上課，教室都是一些失修的殿宇，坑凹不平的青磚墁地，原來我的小學曾經是一座廟，叫凝和廟，用來祭祀雲神，附近還有另一座廟，叫宣仁廟，祠祀風神，俗稱風神廟，都屬於故宮外八廟，雍正年間修的。這一帶總稱騎河樓——元明朝代這裡是河道，留下地名，如東不壓橋、沙灘、南北河沿，都跟水有關。

這地界也頗有點現代史。民國初年，一群受俄國和日本影響的青年發起「工讀互助」團，第一個小組就是在騎河樓成立的，參與者中的李大釗、惲代英、施存統等人，不久就開始建立共產主義小組。附近還有一條箭杆胡同，一九一七年蔡元培邀陳獨秀來到北京大學，任文科學長，為他安排的住處，就是箭杆胡同九號，所以《新青年》編輯部就設在這裡，而一九一九年五四運動後不久，陳獨秀撒傳單時被捕，一百多名北洋軍警，就是在一個深夜裡包圍這個院子，搜走他的許多信件。

也是民國時代的一九三三年，凝和廟改為市立第四十三小學校，應該是中國西化教育較早的學堂了吧？它就是北池子小學的前身。我前面提到，剛到北京很壓抑，上學受歧視，因為說話有口音，很鬱悶地在這裡讀了兩年書。但是有一件事情，令我終身難忘。大概已經是六年級了，有一次上語文課，老師忽然在班上說：「這次作文，蘇曉康寫得最好，待會兒我把它貼在教室壁報上，大家可以去讀讀。」語文老師是一個矮胖的老太太，要下課時她說：「蘇曉康，下課到我辦公室來一趟。」老師們都在一座大殿裡辦公，有很高的臺階，我就走進去，在老師對面坐下，心裡很緊張。張老師說：

「蘇曉康，你很會寫作文，知道嗎？要記住老師今天對你說的話！回去吧。」

當時我好像並沒有聽懂老師的意思，因為那個年紀，怎會懂得「寫」的含義？至於「作文」，我在家裡也要「上語文課」的，那是暑假裡爸爸拿了一套線裝書給我，逼我每天讀一篇，讀不讀得懂他不管，但我必須把讀過的用小楷抄一遍，再翻成白話文，因為那是一部古文，如今我還記得是《李善注昭明文選》。我每天在屋外的樹蔭下，靠一本破字典「硬譯」，實在不懂的，等爸爸下班回來再問他。他像改學生作業一樣看我的「譯文」，卻從來不給我講解，也不逼我硬背。這部《昭明文選》我後來一直帶在身邊很多年。

再說，我的父母本來都是語文教師。四〇年代晚期，他們在武漢大學讀書，媽媽讀的就是中文系，卻愛上了在政治系讀了很多年還不畢業的爸爸。後來他們又跑到臺灣，先在台東、後到新竹商專做國文教員，媽媽四川口音很重，還有些口吃，爸爸則是一個共產黨的地下人員，顯然他們倆都是要改作文的。

如今回想當年沙灘的歲月，似乎覺得爸爸一輩子就是在改「作文」，只是他每天清晨走過景山東街，到坐落在「民主廣場」的中宣部大樓裡，是去改那些社論、中央文件、以中共大老們名字發表的文章等等，總之是那裡面的錯別字和病語。我看到過很多他修改的文稿，他總是用鉛筆塗改，以粗粗的線條鉤進去他那一筆渾重蒼勁的字，我很喜歡他的字，他說年輕時他練過魏碑體。他本來就是個中學語文教員，陰差陽錯的四九年後當了報館編輯，大約文章寫得通暢，頗受「黨」裡面的欣賞，六〇年毛澤東要陳伯達辦黨中央機關刊物《紅旗》，從全國各省抽調「筆桿子」，竟也「抽」到了他頭上。那是後話。

雖然我當時對張老師的話沒有任何感覺，奇怪的是，從此爬格子的時候，這句話就會在耳邊隱隱響起，它對我的意義，是一輩子的；而我這一輩子就是在爬格子，年紀越大越覺得自己何等幸運，小小年紀，就彷彿被上蒼點醒，叫我徹悟了這一生唯一的本事，一心一意，不做他想，省去多少「少年維特之煩惱」。這幸運，又在於我偶然進了北池子小學，遇到了這位矮胖的語文老師——北京市的中小學老師，是齊刷刷的高水準，是四九年以前的水準，也只有他們一代人，以後再也沒有了。

子民堂

沙灘中央宣傳部大院門禁森嚴，有持槍衛士日夜站崗，我們住在院外的孩子要進去，得在門崗登記父親的名字。我第一次進那個大院時還住在西齋，記得是去看一部電影，是跟著另一個西齋男孩平原一道去的，兩人都在門崗報了自己父親的名字。平原他爸是「沙灘大院」的建造者，這個大院裡的新辦公樓和宿舍，都是他蓋的，前面提過，一九五四年中直機關事務管理局接管「沙灘大院」，分配給中央宣傳部使用，那時候平原他爸就是接管者之一，但是他在這裡大興土木之後，自己卻住在簡陋的西齋，一直住到終了。後來我家搬進大院去住，進出那門崗都要讓衛士辨認一番，等他點了頭才敢進去，天天如此。那時我很納悶：整個大院二百多戶人家、上千號人，那當門衛的大兵怎會有本事大人小孩個個認得？

門崗放行後，平原領著我去了辦公大樓西側的一個小四合院，裡面一色亮紅漆成的梁柱，給我印象很深。放映室就在一間廂房裡，黑咚咚擠滿了人。電影叫《青春之歌》，根據楊沫同名長篇小說改編，故事講一個小家碧玉的林道靜，不肯當男人的「玩物」和「花瓶」，離家出走，偶然被北大學生余永澤搭救，林卻不願與他共建愛巢，被他供養，又偶然接觸到共產黨人，最後投奔革命。這個五〇年代大陸頗成功的「革命神話」，由於小說電影構建的藝術幻影，加上導演陳懷皚挑選天生麗質的謝芳飾演林道靜，對當時青年來說，就不止是革命偶像，更是性偶像；但是楊沫的「革命敘述」，暗合了西方女性主義，也不是巧合，因為不久文革爆發，上臺的「紅都女皇」江青，不就是一個十足的女權霸主？更有趣的是，三十年後我讀到王德威評《青春之歌》：「無非亦是女兒脫離邪惡父親，投奔善良父親的神話。小說的一紙風行，多少說明了讀者的戀父愛黨的狂熱心情……毛文體及毛政夫的權威下，男性作者及讀者其實更處在被閹割及被女性化的雙重焦慮之下……毛爸爸一人當家，大家都成了（女）孩子。」這種對「神話」的徹底解構，何等痛快！

這個放電影的地方，叫「孑民堂」，而我很久都不知道「孑民」何許人也，就如同我們天天走過那棟紅樓，卻從不知道那是著名的「五四」發源地。我們被偶然放在中國現代史的源頭之地，卻活在一種被閹割的歷史之下。七十年不算漫長，竟是面目全非。我要等到四十歲的時候，南下去浙江紹興拜謁蔡元培故居筆飛弄，才破解「孑民」之謎，那是後話。

那天看《青春之歌》散場出來，平原問我：

「看過小說吧，知道作者是誰？」

「楊沫呀。」我說。

「她哥哥就住西齋，在我家前一排。」

西齋的人物不簡單，雖然不一定是什麼王宮貴胄、前朝遺老，譬如這位楊老先生，是中宣部的一位老會計，沒沒無聞，可他卻有兩個大名鼎鼎的妹妹，一個是作家楊沫，另一個更著名，即電影明星白楊，幾乎是大陸的影后。我當時的驚訝是，難怪楊沫會塑造出林道靜這麼個人物，原來她有一個更為天生麗質的妹妹白楊。

這點因緣還是由於我在西齋的玩伴平原。原來，楊老先生有一么姑娘，叫小渝，孤傲寡言，從不搭理我們這幫西齋男孩，她家又總是車水馬龍，貴客盈門，也讓我們敬而遠之。誰料一場「文革」苦悶，竟將前後排的平原和小渝撮合成一對兒。文革後期，我再回西齋訪平原一家，他與小渝已形影不離，我們三人常常一聊就到深夜。一日，小渝說：「我成芳姑姑來了，也想同咱們聊聊。」

白楊原名楊成芳，一九六六年上海的影星們因三〇年代都同江青素稔，知她底細，幾乎個個生死在旦夕之間，白楊就更倒楣。國民黨中統頭子沈醉，四九後成戰俘坐牢，也寫回憶錄，列舉當年戴笠熟悉的上海明星，其中也有白楊，導致她文革一來就被逮捕，單獨監禁五年，釋放出來成了一個老太太，話都有點不會說了。此刻她到北京來看哥哥，江青還在臺上。白楊完全不知道「文革」是怎麼一回事，每天聽我們聊西洋景一樣，她默默坐在一旁，銀幕上那副沉魚落雁之容依稀還在，只是憔悴，和一股內在的謙和。她渾身就是一個賢妻良母的化身。我們也問她，以江青那副張狂樣，當年如何演戲的？她想想，說：「她個子高，身挑好。戲還是蠻會演的。」

楊家有女

小渝的另一個姑姑楊沫，我沒見過，她似乎很少與她哥哥家走動。我和平原只是常聽小渝講她這個姑姑家裡的稀罕事，其中有一樁，甚為詭異駭人，我至今難忘。那還在文革的一九七三年，小渝說她的一個表姊，即楊沫的一個女兒，同當時走紅的男高音劉秉義相好，卻突然服毒死了，公安局將唯一的嫌疑人劉秉義拘捕，關押在炮局，此時江青突然往炮局給他送了一件軍大衣，偵辦人員便拿他沒轍了，這也是「文革」中轟動北京的一樁命案，至今沒有下文。

小渝的這個表姊，小名叫「小胖」，她上面還有一個姊姊，跟她是同母異父，但是小渝從來沒提起過。我在前文提到一本書《負暄瑣話》，專講五四和沙灘，文字清淡中透著學問，敘人記事娓娓從容，八〇年代中葉忽然很流行，出自一位老北大張中行，慢慢坊間有議論，原來楊沫也曾跟他相愛過，幾乎就是《青春之歌》裡余永澤的原型，而他跟楊沫有一個女兒，就是「小胖」的姊姊，更驚人的是，張中行一直住在景山東街，也就是西齋隔壁的那個舊公主府。

二〇〇〇年前後平原來信，我才知道，白楊、楊沫和她們的老哥哥，都在近一兩年裡相繼辭世了。我不知道的是，大陸曾先後刮起「楊沫熱」和「張中行熱」。前者多半由官方運作所謂「紅色經典」，拿《青春之歌》給年輕一代洗腦，繼續推行「爸道」（黨是母親），而張中行為人熟知後，卻弔詭的無意中為庸俗自私的余永澤「平反」。

比文學更溫馨的則是，一些被塵封的史蹟人影，又挖掘出來，比如上世紀三〇年代張中行和楊沫，曾在銀閘胡同二十六號生活了快五年，這條胡同幾乎就在紅樓的對面。由此人們又挖掘出來，一九二三年沈從文也曾在銀閘胡同，租了一間潮濕小房，僅夠放下一張小床和一張小木桌，他稱為「窄而黴小齋」，從這裡開始他的文學旅程，後來成為五四遺韻之下最優秀的散文家和小說家。

楊沫還有一個兒子，小渝說她這個表弟不知為何長不成人，文革一來，他回家用斧頭劈開家裡的大衣櫃，遍尋母親的稿費。這愣小子後來插隊去了內蒙，幾乎被整死在那裡，還是楊沫求人把他救了出來。文革後，大陸出了一本很轟動的知青小說《血色黃昏》，作者老鬼，就是他，大名馬波，我在國內沒見過他，卻不料到海外來幾度跟他遭遇。

一九八九年秋，「黃雀行動」將我營救到香港後，祕密安置在沙田一棟大樓裡，無人知曉，誰知居然有人來敲門，竟是老鬼，他說他也安置在這棟樓裡，以致營救者認為我有暴露之嫌，立即又將我轉移，並從速送我去了巴黎。到了巴黎不久，遇到協助流亡者的法國學者瑪麗，她跟我說她在照顧老鬼，我說他這麼大人了還要照顧嗎？瑪麗說，他跟你們不一樣，整天哭，鬧著回家。我才知道，誠如他表姊所說，老鬼還是個孩子，任性愛哭，跟誰也處不好。

轉眼我又去了美國普林斯頓，聽說老鬼進了羅德島的布朗大學。旋即又聽說他跑到紐約皇后區，一個人悶在家裡，發誓要寫《血色黃昏》續集。有個朋友去找他，回來跟我說，他倆喝酒時，老鬼訴說流亡之苦，孤獨苦悶時常常拿皮帶抽自己，還展示了背膀上的累累鞭痕。最終他回國去了，恐怕還是楊沫央求上面才辦成的。老鬼回去又出了一本自傳《鐵與血》，接著又寫了另一本《母親楊沫》，非常受歡迎。老鬼的經歷和個性，讓我覺得是中國「紅色文化」特徵的一個極端：從那裡長出來的孩子們大凡平庸，偶有天賦者，人格總是發育不全，還會伴隨著某種幼稚型「血腥」（也許就是「血色」），在紐西蘭小島釀出血案的詩人顧城也是一例，他是一個共產黨詩人的兒子。老鬼有一點初衷不改，這些年來他的身影，一直出現在反體制的異議者隊伍中，頭上總是戴著一頂軍帽。

中關一

景山東街

景山公園清道夫

一九〇〇年十月二十三日，星期二，北京。當我推開壽皇殿沉重的大門時，裡面一片漆黑。在大殿裡我打開了一個落滿灰塵的箱子，裡面放著上百個君王的御璽。它們是用整塊的瑪瑙、玉石或金子製成的。

上面這段文字，摘自法國海軍上尉皮埃爾．洛蒂的日記（中文名《在北京最後的日子》），記錄庚子事變之際，八國聯軍進占北京後，他為法軍少將司令弗雷尋找住所，來到景山壽皇殿，並將該殿作為司令部。

壽皇殿是供明清兩代皇帝停靈、存放遺像和祭祖之所，稱「神御殿」，位於景山正北方，北京古城中軸線上。辛亥後民國政府將其改為古物陳列所，四九後北京市政府選它做少年宮，一九五六年一月一日副市長吳晗與五百名佩戴紅領巾的少年兒童，在此舉行了開幕式。

六〇年代初某日清晨，壽皇殿前方的景山公園步道上，一個清道夫背著籮筐，手裡一把掃帚在掃落葉，他把垃圾掃成一堆後，再用雙手往筐裡捧垃圾。這時走過來一人，是個女的，對他說：

「你看別的工人筐裡都有個簸箕，你的簸箕呢？」

「我沒拿。」他說。

「你去拿個簸箕。用簸箕撮，不要用手捧，那樣手都扎壞了、磨壞了。以後幹活時，看別的工人拿什麼工具，你就拿什麼。」

這個掃街的人，名字叫溥傑，末代皇帝溥儀的弟弟。

這個細節，來自前北海景山公園管理處主任馬文貴的回憶。她記述，六〇年底溥儀的弟弟溥傑從撫順戰犯管理所獲釋回京，不久周恩來在中南海接見溥儀全家，其間徵詢溥傑願意從事什麼工作，溥傑表示願意做一個普通勞動者。於是北京市委統戰部就把溥傑安排到景山公園勞動改造。接下來她又講了一個有趣的細節：

有一天，市委統戰部告訴我安排在北海仿膳吃一頓飯，參加者有廖沫沙同志、林副部長、溥儀、溥傑兄弟倆和我。統戰部還囑咐我，提前給仿膳的「御廚」們做工作，不要到那天見了溥儀後，一激動，又下跪、又叩安的。我交代仿膳經理事先一定做好工作，廚師們如果想見溥儀，就在遠一點的地方看看，不要靠近。後來，廚師就是在長廊裡遠遠眺望。

那天我們剛上樓，溥儀就來了，那會兒他在西山「南植」種葡萄。廖沫沙介紹了各人之後又說，你們兄弟倆今天見面了就應該高高興興的，不是多年沒吃你們的風味了嗎？今天有你們的特色點心，好好吃一頓。早獲釋一年的溥儀埋頭大吃。而剛剛獲釋的溥傑則十分拘謹，幾乎沒有吃東西。他手中拿著筆記本，將各位領導的話一一記錄下來。廖沫沙同志告訴溥傑不要有思想負擔，只要好好接受改造，都可以轉變成為對新社會有用的人。他還說：「我們準備把你交給馬主任。你還有一段學習的時間。」——不說改造，說的是學習，也沒告訴他多長時間。按照市委統戰部的要求，溥傑必須每週向我彙報一次思想。從那以後，我又增添了一個角色：監管、教育和照顧中國末代皇帝的弟弟。

溥傑到景山公園勞動時，吃住都在景山園內，馬主任安排一個工人和他同住在職工食堂廚房旁的一個房間內。馬主任又回憶：

一九六一年正是困難時期，食堂裡的早飯是蘿蔔、蔓菁加大米煮成的稠粥，沒有乾糧，用那種藍邊大碗，工人們每人都盛上滿滿一大碗。溥傑擔心自己落後，每次也盛滿一碗，可他飯量小，吃不了，又不敢倒掉，就坐在一邊看著那碗粥發愁。後來，食堂的張師傅向我反映了這個情況，張師傅還說：「我不敢跟他說。他要是吃不飽呢？」我就去告訴溥傑：「別的你認為你沒有自由，咱們這個吃飯是自由的。誰願意多吃，能吃得下去，就多盛，像你，吃不了那麼多就少盛，吃多少盛多少。每個人的飯量不一樣，不用跟別人比。」溥傑聽著，是是是地連連點頭。

後來溥傑的太太嵯峨浩從日本回來跟他團聚，她是日本昭和天皇的表妹，上面安排他們夫婦住在護國寺的一個院子裡，溥傑白天來景山勞動，每天回家居住。他在景山掃地時，嵯峨浩就在路旁的椅子上坐著，看他幹活，中午也不回家。

據馬文貴回憶，皇弟溥傑在景山公園的勞改，「大約用了一年的時間」，遂由她向上級建議結束，「讓他回歸社會」，後來溥傑被安排到全國政協做文史專員，即全國政協下屬的那個「文史資料委員會」，由周恩來宣導成立，徵集晚清民國以來各色遺老逸民歸臣降將，以「親歷親見親聞」之回憶錄，佐證中共浴血暴力史的合法性。我後來在灰色封皮的這套《文史資料選編》中，果然讀到溥儀兩篇文字，〈清朝貴族家庭的沒落過程〉和〈清宮的風俗習慣〉，寫得膾炙人口。溥傑的書法聞名天下，他當然少不了為北海公園題字，他也給馬主任寫了一幅字，題頭仍是：「馬文貴領導雅正」。

補一個資料：景山一九二八年對外開放，主要建築有園門、綺望樓、峰亭、壽皇殿建築群、興慶閣、永思殿、吉祥閣、觀德殿等。一九四九年後進行全面修建，闢為景山公園，先後建成銀杏園、海棠園、牡丹園、桃園、蘋果園、葡萄園、柿子林。全園坐北朝南，紅牆黃瓦圍牆，占地二十三萬平方米。山高四十三米，周長一〇一五米。園內花卉草坪占地一一〇〇〇平方米，有樹木近萬株。

明清猶在

從景山到北海，一個遛彎的距離，盡是皇城錦繡。故老有言「皇城廣袤三千六百五十六又五尺」，又說「周十八里」，禁擔夫販客居住，所以大內的活物太監，也是唯一的皇城居民，而今還能想像當年光景嗎？我們不妨做個實驗，如現今時興的「微電影」，設計近四百年前崇禎甲申塌天之夜，有個小太監，諢號叫喜鵲，好阿諛的諢稱，史傳闖王進京屠盡太監，因為朱明閹禍滔天，所以喜鵲溜掉，委實撿了一條小命。起先，他跟在太監群裡隨皇上往安定門跑，就心裡癢癢的想溜，逃路也選好了，瞅機會就往西邊跑；接著皇上差另一小太監去慈慶宮，又叫他好生羨慕。直到這一群人走過玄武門，出了大內，過橋就是後苑煤山，喜鵲才壓住腳步，暗暗滯後，在護城河邊站定，身子依傍矮河牆愣了一會兒。

喜鵲知道宮牆外有所謂「紅鋪三十六」，即森嚴的守衛值房，卻不知那些兵丁會不會守護到亡國的最後時辰。他稍一遲疑，又碎步攆上前面正在過橋的一群。眾人須臾擁入北上門，萬歲山就在眼前，山上林木森森，並無亭閣，只放養了些鶴鹿。大太監，時稱「大璫」王承恩領皇上順土路朝東去了，喜鵲忽地分道揚鑣，扭身朝西轉去，由此他不知道皇上後來上吊了。

夜色下喜鵲匆匆趕路，往西那一路，盡是宮闕苑囿，池液碧波，亭榭樓觀，梵天淨地，凡是喜鵲路經的，於今猶在，比如他離了煤山，先要繞過的，是大高玄殿，乃嘉靖學仙的一座道觀，三百多年後居然叫做「中央軍委辦事處」——明朝亡於一六四四年，即甲申年，三百七十年往矣，帝京的這一塊地界，卻並無飛灰煙滅、銅駝荊棘的滄桑，還是大致舊模樣，土木遷移、地名變更，皆不足為奇。大而言之，這燕京，略去金元不計，歷時五百年定鼎明清兩朝，概因滿清圖省事，全盤接受朱明的京師內外城、皇城和紫禁城，只改過一個城門的名字，那還是入關一百多年後，道光名叫旻寧，外城的廣寧門「寧」字犯諱，才改為廣安門；還有這座大高玄殿，卻因康熙名玄燁，早就改稱「大高元殿」了。

這「大高玄殿」，到現代俗稱「三座門」，文革中間發生過不少故事。文革有兩大機構，一是中央文革小組設在釣魚台，另一個軍委辦事組，即設在這裡。

一九六七年初幾個老師在這裡開座談會，大罵中央文革，葉劍英拍桌子拍斷了手指頭。那廂江青也罵過「三座門是閻王殿，一見它就有氣」，被林彪聽說了，有一天指著她罵：「你們太放肆！」竟把身邊的茶几也掀翻；旋而連聲高叫警衛副官備車，說：「我們兩個人，馬上去見毛主席，把事情說清楚，是我的問題，我辭職，我不幹了。」急得葉群跪下，抱住林彪的腿不讓他往外走……。

接下來喜鵲穿越鐵索鏈木的金鼇玉蝀橋，太液池上一座木石混製的拱橋，他可以看見右邊的瓊島，左邊的瀛台，月輝沉蕩，煙波靄靄。闖賊已兵臨城下，而滿韃子「黃雀在後」，中原漢人最爛的朱明王朝傾覆在即，喜鵲此刻還不知道他下半輩子腦後要拖一條辮子了；他當然更不會知道，三百年「韃虜羯膻」之後，還會有漢人回來當皇帝，可是那個皇帝不住紫禁城，而住瀛台旁的豐澤園；他也不用太監，但皇帝總得用什麼人，只是喜鵲難以逆料。

過了橋有一座玉熙宮，就是個皇家戲園子，萬曆曾選了三百個太監在這裡學戲，還將各色男女西洋人木雕放在水裡游划，謂之「水嬉」。喜鵲記得，最後一次「水嬉」是崇禎玩的，在這裡正玩著，前方報來「汴梁失守，親藩被害」，從此罷戲。清朝廢弛此宮，一度變成了馬廄；後來民國興建北平圖書館新館於此，將承德避暑山莊文津閣內的《四庫全書》移入；從此這裡就是國家圖書館，隔街與中南海西門相望。

從那西門往裡，朝前走沒多遠，在瀛台附近，有個豐澤園，三百年後是個何等了得的地界；但在喜鵲當年，那裡面不過是幾座廢弛的敗壇殘殿，總稱「西安里門」，主體是一座萬壽宮，明成祖朱棣的潛邸，本來就凶氣極重；後來嘉靖跟道士學長生、房中兩術，在紫禁城裡險些被宮女勒死，從此不住大內，搬到這裡來修齋建醮，那凶氣又摻進點穢氣，無怪乎清朝嫌它不吉利，用來堆柴草了。這塊基址旁，後來又蓋了一座大光明殿，滿清以此為不偏廢道教；不料「庚子事變」拳匪跟洋人惡鬥，「義和團」即在大光明殿設壇，火攻西什庫教堂，八國聯軍攻入京師後就點了這殿。再往南一點，還有兔兒山，一座假山而已，當年故老有幾句雜詠留下：「指點光明殿，當年萬壽宮。兔兒山不見，草長斷垣紅。」兔兒山在幾百年後轉音念成了「圖樣山」，殘留為西安門附近一條胡同的名稱，那胡同到八〇年代還在，卻是一胡同的破爛宅院，其中有個院子，我帶妻兒在那裡面的東廂房住過幾個月，住正房的女人（多半是個馬列老太太）告訴我，西廂房裡住過一個著名文革人物，「王關戚」裡的那個戚本禹，大概這裡曾是中央辦公廳的宿舍，距中南海只有幾步之遙，而戚在文革前不過是一個給毛澤東剪報紙的小人物——有點像喜鵲。

喜鵲過了玉熙宮。玉熙宮西頭有座牌樓，過牌樓就是太監的總窩了，這地界在皇城西北角，北安門與西安門之夾角地帶，麇集了諸如酒坊、洗皂廠、果園、花房、經廠、庫房等，乃至太監及宮女們瞧病、囚禁、停屍處，也都在這裡，跟橋那邊的仙山瑤池一比，就是個陰慘之地；又兼幾個皇上好玩禽獸，這裡便也有虎城、象房、豹房、鵓鴿房、鹿場、鷹房等，無非是個動物園，卻有個頗文雅的叫法「集靈囿」，在皇上眼裡，太監、宮女又何嘗不是動物？

喜鵲從牌樓往南拐去，迎頭撞上羊房夾道——三百多年後諧音流轉成「養蜂夾道」了，還是個昧於市井的高幹俱樂部，期間卻並未蕩去多少歷史泥淖，北京人後來也曾遭遇中南海裡一個心狠手辣的貴妃，熬過那段歲月，也不過讓他們從電視劇裡消費大明后妃的故事時，平添了一些會心的現代解讀而已。

再往前，到了西什庫，其實就是「西十庫」，明代皇宮庫房，「康熙中，檢查封禁。近倒盡，幾如土阜，而庫藏猶有存者，惜竟無人過問」。大清二百年未啟封西什庫，庫後萬鴉作巢，疑似閹人化作群鴉。後來皇城廢弛，北京漸成現代都市，寒鴉無處棲枝而遁形，難道落入人間了？

《天咫偶聞》說：太廟中多灰鶴，社壇中多蛇，天壇產益母草，此皆地秀所鍾，聚於一處。一牆之限，外此求之不得，足異也。廟社之中，宮鴉滿樹。每日晨飛出城求食，薄暮始返，結陣如雲，不下千萬。都人呼為寒鴉，往往民家學塾以為散學之候。

三海

貫通北京東西城的通衢大道，除長安街之外，就數「五四大街」了，最早在一九五七年出現一路無軌電車，從朝陽門到動物園，其間必定經過北海大橋，那是最靜謐也最神祕的一截兒路段，喧鬧的乘客到此大多也安靜下來，自然因為那個神祕的中南海，就在一側。

從我們景山東街這裡溜達過去，沿著左側的筒子河和故宮城牆，幾個夥伴一路侃著，幾分鐘就到了北海大橋。六〇年代京城人煙尚稀，紫禁城一帶算是最有空兒的，在北海這個水面周圍，喧囂和鬧騰彷彿都被吸進去了；文革期間這裡就更有點「空山不見人」的味道。

偶從《知堂回想錄》裡，讀到周作人在民國那時，也曾從景山東街走去北海，不過那時沒有「五四大街」，他怎麼走？他到北京後，同魯迅一道住宣武門外南半截胡同的紹興縣館，第一次去景山東街的北大訪蔡元培未遇，便想去遂安伯胡同蔡府，卻走錯了路：

那時黎元洪繼任大總統，教育總長是范源廉，請蔡子民來做北京大學校長，可據說要大加改革；新加功課有希臘文學和古英文，可以叫我擔任。

由景山東街往北，出了地安門，再往西順著那時還有的皇城，走過金鼇玉蝀橋——提起這橋來，有一段故事應當順便說一說，民國成立後這一條走路是總算開放了，但中南海還是禁地，因為這是大總統府所在，照例不准閒人窺探。而金鼇玉蝀橋卻介乎在北海與中海之間，北海不得已姑且對於人民開放了眼禁，但中南海卻斷乎不可，所以在南邊橋的上面築起一堵高牆來，隔斷了人們的視線。這牆足有一丈來高，與皇城一樣的高，我們並不想偷看禁苑的美，但在這樣高牆裡邊走著，實在覺得不愉快的很。感謝北伐成功，在一九二九年的秋天這牆才算拆除，在金鼇玉蝀橋上的行人於是可以望見三海了。且說那天車子過了西壓橋，其時北海還沒有開放做公園，向北由龍頭開走過護國寺街，出西口到新街口大街，隨後再往西進小胡同，說是到達地點了……。

民國年間北海的光景，新月派詩人林徽因曾留下專業詮釋：

在二百多萬人口的城市中，尤其是在布局謹嚴、街道引直、建築物主要都左右對稱的北京城市，會有像北海這樣一處水闊天空、風景如畫的環境，據在城市的心臟地帶，實在令人料想不到，使人驚喜。

初次走過橫亙在北海和中海之間的金鼇玉蝀橋的時候，望見隔水的景物，真像一幅畫面，給人的印象尤為深刻。聳立在水心的瓊華島，山巔白塔，林間樓臺，受晨光或夕陽的渲染，景象非凡特殊，湖岸石橋上的遊人或水面小船，處處也都像在畫中。池沼園林是近代城市的肺腑，藉以調節氣候，美化環境，休息精神；北海風景區對全市人民的健康所起的作用是無法衡量的。北海在藝術和歷史方面的價值都是很突出的，但更可貴的還是在它今天回到了人民手裡，成為人民的公園。

元建都時，廢中都舊城，選擇了這離宮地址作為他的新城，大都皇宮的核心，稱北海和中海為太液池。元的三個宮分立在兩岸，水中前有「瀛洲圓殿」，就是今天的團城，北面有橋通「萬歲山」，就是今天的瓊華島。島立太液池中，氣勢雄壯，山巔廣寒殿居高臨下，可以遠望西山，俯瞰全城，是忽必烈的主要宮殿，也是全城最突出的重點。

明毀元三宮，建造今天的故宮以後，北海和中海的地位便不同了，也不那樣重要了。統治者把兩海改為遊宴的庭園，稱作「內苑」。廣寒殿廢而不用，明萬曆時坍塌。清初開闢南海，增修許多庭園建築，北海北岸和東岸都有個別幽靜的單位。

北海面貌最顯著的改變是在一六五一年，瓊華島廣寒殿舊址上，建造了今天所見的西藏式白塔。島正南半山殿堂也改為佛寺，由石階直升上去，遙對團城。這個景象到今天已保持整整三百年了。

周作人講，他要繞到地安門，經後海走到「金鼇玉蝀」橋，而「中南海還是禁地」，被「一丈來高」的牆擋住，他覺得「不愉快的很」。宣統退位後，袁世凱據中南海為「總統府」，不久民間就出現了要求「神祕的中南海還權於民」的聲音：

中南兩海係自遠至清帝王苑囿之一部，其風景清嘉，宮室壯麗，為國內有名建築。但其經費所出，無非我民眾先代之脂膏，乃以供少數人之娛樂，實為我民眾所不甘。民國成立以來，又為十數軍閥所把持，藏垢納污，罪惡叢集……而此歷史上之園林不為民有，坐視荒廢，殊為可惜。同人等謹遵先總理天下為公之意，僉以中南海應歸市民直接管理，以絕罪惡之根株，以供遊人之玩賞。

一九二九年中南海董事會、「整理中南海公園臨時委員會」均成立，翌年即將這裡命名為三海公園，對民眾開放，門票與北海公園一樣，均為五分。中南海水面浩大，又售票釣魚，每張大洋一元，限一人當日使用，居仁堂、萬字廊、聽鴻樓、船塢划船碼頭等處不得釣魚。

中南海裡有一百餘間房屋，如居仁堂、喜福堂、歡喜莊、增福堂、來福堂、錫福堂、永福堂、頤園，靜谷、果園等，被各方占用的，陸續收回；後又因經費拮据，向市民招租，於是茶社、書畫社、研究會等陸續在園內出現；其時有個大學生，也是共產黨員叫謝和賡，跟十幾個同學合租中南海流水音的一間大房子，每月租金五角，他們經常在中南海的遊艇上舉行祕密會議，從事地下工作；四九年後，他因提議「中南海應向老百姓開放」的意見，被打成右派，「文革」中一度精神失常。

一九四九年六月間，中南海裡的菊香書屋，迎來了一位新主人，他最初不過是來此臨時宿夜，不料卻一直住到臨終——時任北平市市長葉劍英，敦請毛澤東和中共中央進駐中南海，以為長久的辦公處和居所，據說毛澤東一開始拒絕：「我不搬，我不做皇帝！」可是他後來沒做皇帝嗎？

中宣部科學處處長于光遠回憶，梁思成作為建築師認為，黨和政府機關不應該在中南海這樣的皇家花園裡辦公，而是應該讓市民到中南海旅遊。毛聽到此言很不高興，說這不是要把我趕出去？

乾燥的北京，水面奇缺，有水自然成景。上一個千年，北方游牧人遼、金定都北京，擇一自然湖泊近旁築離宮，為今日北京留下「三海」，中南海就在其中，不過那是帝王們的水面，乃至光緒就囚死在四面環水的那個瀛台。四九年後老毛讓出北海，自己獨霸中海、南海，不知為何還嫌不夠，又讓汪東興築一封閉式游泳池，據說極奢華，牆都是用錦緞裱糊的，暴君最後歲月在那裡面鎮日一絲不掛。

四十五號院

讓我們回到景山東街。

「五四」北大紅樓，要到一九一八年八月才落成，所以開創中國新世紀的那場「新文化運動」，最初發端不在紅樓，而在她的前身京師大學堂，即景山東街的那座公主府裡，因為一九一七年初蔡元培接任校長後，聘請胡適、陳獨秀、魯迅、郭沫若等新派人物任教，遂開風氣之先。此地舊稱馬神廟，因明朝乃是御馬監，至清初仍稱為「馬神廟」，直到乾隆年間，這一帶統統劃歸「四大家族」之首的傅恆作為府邸；後乾隆又下嫁四女和嘉公主與傅恆子福隆安，此地便又稱作公主府，而我在前文潑墨甚重的西齋，只是它的一個附院而已。所以「新文化」發源地，三百年前不過是皇家馬廄，可見時代變遷之烈。未知何時起，此府邸標為景山東街四十五號，琉璃瓦頂，三開紅漆大門，門口一對石獅蹲伏，頗接續西邊皇宮後苑、黃瓦紅牆的氣勢，但是在兩根紅色門柱上，一邊招牌是「人民教育出版社」，另一邊是「文字改革委員會」。

如此說來，景山東街有兩個大院，都跟「文化」有關——路中段的這個「四十五號院」，可謂「鴻儒袞袞」；最東頭的「沙灘大院」，中宣部和《紅旗》雜誌所在地，則滿院子的文藝官僚、宣傳幹部，說好聽點是「秀才」、「筆桿子」，不好聽點就是「刀筆吏」，還出了一批「變色龍」、「小爬蟲」，是那個大院的特產。我們家後來搬進那裡去了。那個大院的人，對於路中段的這個「四十五號院」，都叫「人教社」大院。一九七九年我攜新婚妻子傅莉回北京沙灘大院家中，她走到景山東街中間，指著公主府說：「我姑姑一家人就住這大院裡，文革初我來北京大串聯，也住這裡。」原來她的姑姑姑父都在文改會工作。我卻從未走進過這個大院。

四十五號院的子弟中，出了一個人物，叫盧元鎮，八〇年代跟我有一面之交，當時他是北京體育學院的教師，特來邀我和趙瑜、鄭義，去給體院的學員演講，因為《河殤》開篇講「一個心理上再也輸不起的民族」，就是從體育競技場上講起的，甚為轟動；他後來成為體育社會學家，在國內名氣很大，他的父親當年是人教社總編輯室主任，葉聖陶的助手，五七年被打成右派，六一年竟在東北勞改中餓死；他寫了一篇〈景山東街四十五號往事雜錄〉，我在網上讀到，是關於人教社大院罕見難得的回憶。

他說，葉聖陶秉承當年開明書店的做法，即中小學教材必須由這一領域中的頂級專家來編寫，所以組建人民教育出版社時，他邀集了中國人文界的一時之選，如語文專家張志公、張畢來、朱文叔、隋樹森、張中行、余文等，數學家劉薰宇，歷史學家陳樂素、李賡序，地理學家陳爾壽、兒童文學家陳伯吹、心理學家曹孚、教育家學專家陳俠等，其他學科，如物理、化學、音樂、體育都聘來了國內最優秀的人才，體育請來的就是蘇競存、王占春等人，就連為畫教材插圖請來的也是著名畫家劉旦宅。「當時的人教社真可謂人才濟濟，景山東街四十五號出現了一段前所未有的文化繁榮景象。那時的教材品質真高，每學期幾十種教科書竟無一錯字，更沒有像今天的教材會出現那麼多匪夷所思的『硬傷』。」

文中還有一段，我不妨引錄在此：

還有一對夫婦不能不留下一筆，就是周有光伉儷。周不在人教社任職，是文改會的專家，同住在四十五號大院。在我們眼裡周先生是一位萬能學者，學貫中西，幾乎無所不知，人稱「周百科」。他性格剛正不阿，但為人十分謙和，所以朋友很多。他的夫人張允和是我母親的好朋友，她們都喜歡「拍曲子」（唱崑曲）。五〇年代「一齣《十五貫》，救活了一個戲種」，南北二崑都活躍了起來。八〇年代成立了北崑曲社，她們每逢週末都要趕去參加演出活動，張負責張羅組織，我媽媽當會計兼出納，二人經常在一起商量事情。張長得嬌小秀麗，並精於裝扮，是一個典型的南方美人。她們夫婦十分恩愛，在院子裡經常可以見到他們挽臂同行的身影，是四十五號院裡的一道風景。在為我父親懇請平反改正的艱難時刻，周先生挺身出手幫助我們三個無助的兄妹去找人說情，他的仗義執言讓我們終身銘記。

這裡提到的張允和，那便是大名鼎鼎的「合肥四姐妹」中的二姐。民國年間蘇州有個名門之後張武齡，富庶卻不思經商，而醉心教育，膝下四個女兒，被葉聖陶稱為「九如巷張家四個才女」，長女元和，精崑曲，嫁崑曲名家顧傳玠；次女即允和，善長詩詞格律，也是崑曲藝術家，嫁漢語拼音之父周有光；三女兆和，作家、《人民文學》編輯，嫁散文大家沈從文；四女充和尤多才，兼通書法、崑曲、詩詞，與夫婿漢學家傅漢斯終身執教耶魯大學，得壽一〇二歲。

周有光享年一一二歲，其實他的壽數是一一一歲加一天，因為生日忌日幾乎在同一日，亦可謂奇蹟。「周百科」說過幾句話，振聾發聵：一、中國大陸很幸運，第一是毛澤東死得早，第二沒有兒子；二、列寧是德國間諜；三、馬克思主義是錯的；四、葉爾欽了不起；五、毛澤東有古代知識沒有現代知識；六、中國地大物博就是人不行。

下面要說文字改革委員會、中文拼音、簡體漢字，是一個頗敗興的話題。中國文字改革一百年，歸結為一句話：折騰漢字。錢玄同呼籲「廢除漢字」；魯迅斷言：「漢字不滅，中國必亡！」；於是就有了「走世界共同的拼音化道路」，毛澤東的「最高指示」。承「五四」反傳統思維，漢字難學、漢字落後、中國落後三者互為因果；與此對應的則是，拼音先進、拼音好學、西方強盛，三者也是互為因果的。四九後成功的是創制拼音、推廣普通話兩件事，但是「文革」中造反派推行第三批簡化漢字，將「雕」字簡化成「刁」字，語言學家王力反對，說「要是我敢把『毛主席雕像』寫成『毛主席刁像』，我豈不成了反革命？」

今天，漢語走拼音化道路，被無限期推遲。然而，人們漢語水準日見退化，漢語在外（英）語面前節節敗退，也無可否認。文字改革還有其血腥的一面。一九五七年考古所的文字學家陳夢家，批評一九五六年的《簡化字方案》：「若要廢除漢字，改用拼音文字，不免會引起天下大亂。大家考慮這個問題時，可以從吃麵包好還是吃饃饃好這個面來考慮。能吃什麼好就吃什麼，吃什麼不能飽嘛！」他因此被「戴帽子」，乃史學界五個大右派之一，遭到猛烈批判。文革中陳夢家兩次自殺，第一次服安眠藥，卻因藥量不足沒有死；十天後他再以自縊的方式自殺身亡。

後海一水榭

不管何等顯赫的大院，院牆之外，就是尋常巷陌，街坊百姓。公主府斜對面有個副食店，東側是一條胡同，叫「大學夾道」，那副食店裡果蔬百貨樣樣齊全，卻不賣肉類，另設一個肉鋪，在那胡同口兒，遠近居民吃點葷全靠它，又正值饑荒年饉，肉鋪乃肥缺之地。

當時人人都缺油水，豬油是寶貝。北京人冬天興吃烤饅頭片，抹一層豬油放在取暖爐子上烤，是中學生最好的午餐。爸爸有一次從機關帶回來一茶杯黃黃的東西，教我們抹在饅頭片上烤著吃，有一股濃烈的膻味，卻是很香。中午我在教室裡也烤它，同學們都眼饞，問我那是什麼？我去問爸爸，他說是黃羊油，中宣部組織了一支獵隊到內蒙古去打來的，機關裡每人不定期分到一茶杯。後來我常常偷它吃，媽媽就鎖起來了。

那肉鋪隔壁有一小院，門口總站個胖子，年紀同我相仿，老去買肉同他漸漸熟了，我就管他叫胖子，知道他和我一樣祖籍是四川的。這傢伙滿口京片子，愛侃也愛顯擺。「知道麻辣豆腐怎麼做嗎？」在家裡媽媽當然常燒「麻婆豆腐」給我們吃的，不過我還是好奇胖子能怎麼燒，趁家裡沒人時請他來示範一次，其實他的燒法並無新奇，就是捨得加料，辣椒、花椒、麻油都可勁兒往鍋裡倒，不過盛出來嘗一口，鹹香濃烈，是川味。

沒幾天他就侃出跟郭沫若沾親帶故。「文革」前市井裡已經拿這個「才子加流氓」當茶餘飯後的談資，多半說的是他討過幾個老婆，解放後又討了一個，周恩來去敬喜酒，說「我祝郭老這是最後一次」，人們把它說得繪聲繪色，只是那時「胡同文化」裡還不曾知道「紅都女皇」江青，也沒人曉得世上還有這麼個婆娘，更不會知道周恩來還會有私生女。

以我那時的年紀，也不怎麼待敬這位「郭老」，先是由於他的一些自傳性的書，裡面描寫他少年時如何同嫂子調情、如何在樹幹上蹭陽具之類，在北京的中學生裡是盡人皆知的。我至今不懂，在大陸極禁欲式的文化管制下，郭沫若的這些色情文字卻是暢通無阻的，還有郁達夫小說裡嫖妓、同性戀的那些描寫，都是中學生裡膾炙人口的段落，無形中給新中國一代的感覺，五四文人不過是這樣一些貨色。還有郭氏的詩，故作「大眾化」的矯情，與毛澤東對賦的阿諛，即使小孩也一目了然。大躍進時他的那些近乎兒戲的打油詩就不說了，我還看到過他的一本詩集，好像是給無數花草以「革命」的貼金，每種一首，有幾百種之多，那大約是在應酬毛的「百花齊放」吧，當時便令我覺得這個五四時代《神女》的作者如何有這般無聊的耐性？

我問胖子，常去郭家嗎？他支支吾吾，說他爹常去，郭家就在什剎海一帶，很近。從景山後面繞過國防部家屬樓群，朝地安門走，再往西一拐，就是什剎海，因在北海背後，俗稱「後海」，那裡過去王府麇集，而今也是官邸比肩，鄧小平文革後就住在那一帶。

胖子有一次為了證明他並非吹牛，我們同遊北海時，從什剎海對面的後門進去，他領著我爬上北海北端的土丘，眼底敞露出一個幽靜的小院落，他指著說，這就是郭家。北海裡面有無數這樣的小院，有的對外開放，供遊人參觀，有的則常年深鎖，另有門徑通街。

那天是黃昏時分，又飄著細雨，那小院圍著一方池塘築就，像一個水榭，兩側軒廊裡，闃無一人，池塘中敗荷片片，任雨水無聲滴落，有某種「點點滴滴到天明」的味道。我轉身瞅了一眼胖子，他那神情，說不出是羨慕、嫉妒，還是切齒……。

到海外後，先是聽說一個八卦，周作人一九六四年十月給香港友人書中提及郭沫若，說「現在大學生中有一句話，說北京有『四大不要臉』，其餘不詳，但第一個就是他，第二個則是老舍。道聽塗說，聊博一笑耳。」據考，這「四個不要臉」，版本很多，其一是：郭沫若、馮友蘭、老舍、臧克家。

再晚些年，又讀到余英時的《陳寅恪晚年詩文釋證》一書，才知道陳寅恪曾作詩，怒斥一幫大知識分子「改衰翁為奼女」，從郭沫若、馮友蘭、茅盾、范文瀾，到文革中自殺的老舍、吳晗，再到科技界的錢學森等。這樣我就懂了，原來知識分子的「軟骨貧血症」，慢慢變成一種「新傳統」，所以六四後國內多年的「犬儒症」，其來自有，並不奇怪。

「感情說」大將

胖子他家挨著大學夾道，再往東一步，有一家小飯鋪叫菜根香，油條油餅老豆腐，我們常來買早點，它的斜對面是煤鋪和糧店，也挨著一條胡同，裡面是北京東單皮鞋廠；景山東街東口的把角，是個小酒鋪。這一帶十幾年沒甚變化。

文革後不久，我家搬離沙灘，八〇年代我又常常返回那裡去，多半為了採訪，其中較頻繁的一次，是去找法學研究所裡的一位助理研究員，他也是律師。景山東街東頭，頂著一條街，稱松公府夾道，後改為沙灘北街，那裡有一所科學院法學研究所，跟中宣部正好門對門。

他叫李勇極，法學家張友漁六〇年代的研究生。八〇年秋，一部新《婚姻法》經全國人大通過，允許「感情破裂」成為離婚理由，大陸第一次採納「無過錯離婚」的法律，中國遂掀起一波離婚大潮，此乃我的報告文學《陰陽大裂變》

的時代背景。新婚姻法依法判決的第一大案，便是著名的遇羅錦離婚案，而李勇極正是遇的辯護律師。

遇羅錦是中共「血統論」殉道者遇羅克的妹妹。遇氏兄妹是中國的奇人，遇羅錦不僅是「文革」、「血統論」的受害者，也是舊婚姻法廢止前夕的最後受害者、「批判精神污染運動」的受害者。文革後大陸「知青文學」興起之際，《當代》雜誌刊出自傳體《一個冬天的童話》，坊間流傳甚廣，其顛覆「血統論」、階級歧視、死亡婚姻等重大命題的啟蒙作用，遠遠高於同時代作品，當時我對《冬天的童話》之景仰，甚於其他作品，卻沒有留意作者是誰；那時我還在當記者，還沒有寫我的第一篇報告文學，等我醒過神兒來，聽說遇羅錦已經遠走德國。

遇羅錦更顛覆社會、世俗、傳統的，是她的第二部自傳《春天的童話》，然後她就從中國消失了。比較有趣的是，我最早是從我媽媽那裡，聽說了遇羅錦的「春天故事」——關於她跟一位首都大報副總編輯的曖昧感情，這位報人，正是我媽媽供職當編輯的《光明日報》副總編輯馬沛文，即《春天的童話》裡的何淨。媽媽其實也是下班後，當茶餘飯後的談資，跟爸爸聊他們報社裡的趣聞，說馬已被遇鬧得幾近崩潰，最後也丟了官位；其間是非不足論道，只是那個時代是沒有人尊重個人隱私的。但是我從旁聽得跌破眼鏡、心驚肉跳，對遇羅錦的觀感大為減色。寫過《陰陽大裂變》，我才明白，馬沛文雖長遇羅錦許多歲，又是練達的文人，但是在感情上，根本不是遇的對手。

不過我寫《陰陽大裂變》，還是源於「遇羅錦啟蒙」，但是我沒敢寫進她的故事，所謂「世間第一離婚案」，我只是去找她的辯護律師，因為在八〇年代初那場「婚姻大辯論」中，李勇極是「主離派」，即「感情說」的大將，而他卻是父母包辦婚姻的受害者，為了把「糟糠之妻」從陝西農村調進城裡，他忍痛離開了法學所，到京郊一所警官學校當教員。他的絕妙矛盾吸引了我，我要寫他的故事：

我那老婆是我爹給包辦的，五五年那陣陝西農村早婚和買賣婚姻都很嚴重，我爹瞅她家只要二百多塊錢的禮，覺得挺便宜，就把親給定了。其實她家也是等這筆錢給她哥娶親呢。那年我還在上高中，我爹就逼我結婚，我不幹，傻乎乎的還想去找政府告我爹……我自己是研究生畢業，想跟農村的老婆離婚，那還不是標準的「陳世美」嗎？我卻不能這麼幹，我還有我的事業要幹，我替別人打離婚官司，「主離派」的名聲在外，我要鬧離婚，有人就會說你小子的「感情說」原來是為自己服務的，這樣就把事情整個庸俗化了。世上總得有人背十字架。我已經背了大半輩子，也就不在乎剩下的那點路了。也許我們多背一程，將來的年輕人就能早一天把它卸下來。我們這一輩子人少替陳世美當替身，中國人興許早一點把他忘掉呢。

李勇極講完自己，又介紹了一個更大的離婚案給我，那就是轟動一時的「秦香蓮上訪團」。

新《婚姻法》頒布後，從一九七八年到一九八二年，全國離婚人數從一年二十八．五萬對增長到四十二．八萬對，提高百分之五十。有一個「上訪團」，由三十六名婦女組成，到處狀告她們的丈夫是「陳世美」，以「感情破裂」為由要求跟妻子離婚，她們從法院、婦聯、公安局一直到報社，一路打著紅色小旗，上面寫著「秦香蓮上訪團」，非常轟動。最後，她們的狀子終於遞到總書記胡耀邦手裡，胡耀邦的批示也到了全國婦聯。這是一九八〇年的事情，幾年後我開始採訪離婚案寫《陰陽大裂變》，曾在北京市婦聯，看到一份不算太厚的卷宗，裡面就裝著「秦香蓮上訪團」的檔案材料。我問婦聯的幹部：「她們後來的命運怎麼樣了？」「咳，還能怎麼樣？大部分人最後都叫判離了，我們跑斷了腿，也沒捏成一對。」

大概八八年了吧，「秦香蓮」們也把我給告了。忽一日我接到國家出版總局的電話：「你的《陰陽大裂變》被人告了，法院不受理，轉給我們調解，請你來一趟我們總局。」那出版總局，好像是八〇年代才恢復的一個機構，不知道什麼時候竟也搬進了沙灘的北大紅樓裡。這是我在拜訪李勇極律師之後，難得再回沙灘五四大街的一次。

原來，我在《陰陽大裂變》寫到的離婚故事裡的六七位女性主角，聯合起來控告這篇報告文學「暴露了她們的隱私」、「干擾了她們的正常生活」——這當然是嚴重的指控，而且當時在大陸，向法院「控告作家作品」還很罕見。她們挑頭兒的，叫楊秀蘭，是一個護士，乃離婚官司的悍婦，其丈夫是北京鋼鐵學院博士生，叫余崇禮，楊先介紹女友張嘉光給自己的老公，幫她補習英文，後又懷疑兩人有染，向法院指控余與「第三者」通姦，時值北京市開展「保護婦女兒童權益」運動，余遂被當了典型，逮捕並判刑三年。這廂鋼院的師生、市婦聯幹部們，奔走營救這位冤枉的「陳世美」，當然也要補救無辜張嘉光的名譽，案件被捅到電視臺、《瞭望》雜誌乃至《人民日報》上，可見「秦香蓮」與「陳世美」的現代博弈，已經到了白熱化程度。我自然也狂熱地採訪此案當事人，搜集真相，最後寫進《陰陽大裂變》裡頭的，是剖析楊秀蘭那種「不安全感」，以及「得不到就毀了你」的心態。

那天走進出版總局會議室，我沒想到第一次見到楊秀蘭，她一直拒絕我採訪。我先聆聽「秦香蓮」們訴苦，人人皆抱怨離婚細節暴露於世，「沒法做人」，其中一位婦女說她的子女並不知道父母打離婚，「看了你的文章，他們都覺得沒法見人了，」這真的叫我很感動。最後我說：

「聽了你們遭的罪，我只有說一聲對不起大家。不過，我也得提醒你們，你們當初不是一個個都拚命地找記者，揭發你們男人如何如何壞、不檢點、在外面搞『第三者』，恨不得搞臭他們嗎？報紙、電視上全是你們自己說出來的故事。我就是從那裡找到線索，才來寫你們的嘛。如果打一開始你們就不往外說你們的私事，外界是沒有人會知道的呀！」

會議室裡一派死寂。

銀錠橋

採寫離婚案件，不僅於我自身經歷，相去十萬八千里，也涉及我一竅不通的倫理知識，忽見報上刊出一文專談「喜新厭舊」，我就去問李勇極認不認識那作者，他告訴我一個地址，我便仰慕而去，那是我又一次繞過景山摸到後海去。

後海即什剎海，原本是一荒涼的水塘，野生大片蘆葦、蓮藕、菱角，至遲明清時北京人就在水塘南岸搭起木臺，上架席棚，開設茶座，也賣酸梅湯和各種冷食，如冰碗兒、蓮子粥、江米藕、驢打滾兒等，還有各種葦葉製品，蒲扇、花籃，特別是竹篾編的蟈蟈籠子。老北京人以此為暑天納涼之地，吃茶觀荷花，圖個涼意，所以這裡稱作「荷花市場」。近旁還有一座銀錠橋，從橋上俯身即可臨「玻璃十頃，卷浪溶溶」的什剎海，以及裊裊岸柳；若北望，則碧空如洗，直見西山，自古有「銀錠觀山」一景，待到我那會兒，荷花蓮藕早已敗盡。

我去找的是一對夫婦李楯、譚深，都是搞社會學的，專注婚姻問題，他們好像是世家子弟，住一棟頗考究的樓閣離那水面不遠。我和他們海侃神聊，興致所至，由他們給我啟蒙「婚姻學」，他們其實也在給中國社會做「現代婚姻觀」的掃盲，比如當時理論界如此鼓譟：中國的離婚大潮，乃是受了西方利己主義和「性解放」觀念的影響，恰好是鄧小平要清除的「精神污染」。對此，李楯他倆覺得荒誕不經，「你知道嗎？眼下中國的性犯罪特點，多數是很下三濫的行為，大多數性犯罪者，文化程度也很低，什麼書都不讀，上哪兒去接受『西方思潮』？另外，西方『性解放』是一種新潮觀念，起碼要排除相互占有，那可不是看淫穢錄影帶可以學來的。」他們認為，中國人婚姻觀念變革，乃是人的自我意識發現的一個進步。這些看法在當時，不說驚世駭俗，也是公共場合很難聽到的，我跟他們真有點相見恨晚。我們聊起婚姻制度，他們說道：

那是社會強加在男女身上的一種規範，因為它能解決男女相處產生的一些問題，例如血緣的繼承、財產的分配，自古如此。西方工業革命興起，帶動人們突破婚姻的形式制度，加上個人主義抬頭，享樂風氣盛行，追求性刺激、婚外感情的補充，造成婚姻制度的破裂。不過，八〇年代以後他們還是「回歸家庭」，有人解釋因為性氾濫的後遺症，帶來「愛滋病」的恫嚇，但是畢竟還是人類理性的抉擇。因為，經過實際的體驗和感受，人類最後認識到男女間最真、最可靠的，不是肉體上的快感、放縱的享樂，而是感情，子女的存在也是一種制約。

他們認為，中國的婚姻形態還在「前現代」，其尺度，就是男女無論結合或分離，只取決於感情之外的因素，主要是政治，比如文革期間，幾乎人人都可能成為反革命，成分最「乾淨」的只剩下軍人，在婚姻市場上行情大漲，女人都想嫁個軍人當護身符，等於買個保險。文革後，知識分子一度被看好，於是一個個都想嫁「研究生」。總之，社會地位取決於政治勢力，連發了財的個體戶，如果不花錢購買社會地位，照樣娶不到老婆。中國是個都市與農村斷層二元結構的社會，廣大農民的婚姻，還停留在相當原始的階段，買賣、換親、典妻；而買賣又分賣女兒、買老婆、買自己。婚姻破裂後，則往往充斥私刑暴力或血腥復仇。至於城市裡知識分子婚變，最常見的是「陳世美」模式，於是就有「刀鍘陳世美」的現代「包公」，不比農村先進多少。李楯又道：

中西經驗皆證明，感情是婚姻的唯一理由，但又不可能永遠保持感情的新鮮和諧，雖然不是完全沒有這樣的例子，但是很難、很難，輕率的迷信「天作之合」，或憑一紙婚約證書來維繫感情，注定會落入「結婚是愛情墳墓」。婚姻的不和諧，根源還是「男女有差異」，這是上帝的安排，人間只剩無奈。女人在照顧家庭和養育孩子方面，實在比男人能起更大的作用，女人是社會安定的力量。如果世界上女人全都不結婚、不生育、逃避做妻子做母親的責任，這個世界就非常可怕。今天女性的處境，要向男子爭人格的平等、思想的獨立、同等受教育的權利，僅僅經濟獨立是不夠的。中國看上去是男女完全同工同酬，受教育的機會也均等，然而經濟獨立不能解決一切，觀念上的歧視仍然嚴重存在，縱使今天政治局裡也有女性如鄧穎超，卻不代表男女平等，因為那只是一種政策上的分配，而不是單憑能力獲取的。

我也請教他們，中國第一部《婚姻法》是不准離婚的，條文規定「除非有生理上的特殊或政治原因，否則不准離婚。」這條法令維持了三十年，今天又演變到「通姦無罪」了，為什麼？李楯解釋說，在法律的理念上，通姦是配偶的一方和婚姻外的第三者發生關係，這是兩廂情願，或者說兩情相悅，並沒有造成對誰的傷害。但是你會說，對另一方配偶是有傷害的呀，然而法律認為，那樣就得先承認婚姻是占有，才有傷害的概念，但是婚姻不是占有關係。中國規定這一條，也是因為要加入海牙國際法庭組織，配合海牙國際法「通姦不為罪」，並准許離婚，才修改舊法的。

我跟他們的這次長談，產生了《陰陽大裂變》這篇暢銷報告文學，並獲得第四屆全國優秀報告文學獎。八九一劫，我去國流亡，也跟李楯、譚深斷了聯繫。一九九〇年初，我從巴黎去臺灣訪問，慕名拜望柏楊時，他的夫人，女詩人張香華約我採訪，專談大陸婚姻狀況和問題，後來以標題〈蘇曉康「談情說愛」〉發表一篇報導，其中談到「通姦」問題，她對我的說法大為驚詫：

這已超出我們理解的範圍。男女愛情向來是獨占性的。若說婚姻基礎認同感情，一旦配偶與他人通姦，卻要純粹以利他立場出發，除非服膺「愛是犧牲、是奉獻，不是占有」這種電視肥皂劇可笑的主題（不幸，臺灣的電視劇就常上演）。再不然就是有丈夫、妻子都像子路說的可以「與朋友共，敝之而無憾」的胸襟。若說婚姻結構超乎感情，是理性的契約行為，那麼明明違約，難道雙方生活相處，在道德或行為上沒有一點差錯？再說，如果婚姻不是「契約」行為，大家都可以各行其「房」事，那麼婚姻的意義何在？我掙扎著，整理不出一個道理來，只好感歎說：「大陸法律對通姦行為，真是先進！」

再囉嗦一句，我可能打開了一個「戀情」系列，自從我離開中國之後，這個系列在那裡「開花結果」，寫到此處，順手在「百度」搜索一下，出來一個「無憂圖書網」，其中「精品圖書↓文學藝術↓文學↓紀實文學」下面：

她在海那邊：中國留美女性生存實錄　蘇曉康著；
錯愛奇情大搜索　蘇曉康著；
暗訪死囚情人　蘇曉康著；
你好聊聊　蘇曉康著；
落日下的玫瑰：都市「情人」一族社會調查　蘇曉康著；
兄妹解析俄羅斯　蘇曉康著；
刑案偵破紀實　蘇曉康著；
企鵝的請柬：全球首次人文學者南極行　蘇曉康著；

解密檔案　蘇曉康著；
都市非常規生活：一個記者的調查手稿　蘇曉康著；
學生中校　蘇曉康著；
最後的瑪祖卡：上海往事　蘇曉康著；
烏蘭牧騎在前進　蘇曉康著；
北京到拉薩　蘇曉康著；
閃爍的星辰：報告文學　蘇曉康著；
西藏秘境　蘇曉康著；
紅色標兵　蘇曉康著；
保衛勝利果實　蘇曉康著；
我到了朝鮮前線　蘇曉康著；
捉「小雞」：戰士作品　蘇曉康著……

當然都是假冒的，可也蔚為大觀。

「北河沿的路燈」

這個小標題，其實是朱自清的一首詩：

有密密的氈兒，
遮住了白日裡繁華燦爛。
悄沒聲的河沿上，
滿鋪著寂寞和黑暗。
　只剩城牆上一行半明半滅的燈光，
還在閃閃爍爍地亂顫。
他們怎樣微弱！
但卻是我們唯一的慧眼！

他們幫著我們了解自然；
讓我們看出前途坦坦。
他們是好朋友，
給我們希望和慰安。
祝福你燈光們，
願你們永久而無限！

他描繪的「河沿」在哪兒？就在沙灘五四大街紅樓對面稍偏東一點，往南有一條街，南北向，一直通到長安街，分成北河沿、南河沿兩段，這裡原本是一條河，歲月漫長有元明清三代，直到民國，也稱御河，或玉河，乃是元代郭守敬開闢的通惠河故道，雖經明清兩朝整修，但是上游水源經久枯竭，終於漸漸淤淺，四九以後改為涵洞，上面修起馬路，人們已經不知道它的前身竟是御河，更不知道民國時代，這裡那麼的美麗，張恨水有一文〈長安街〉，請看他筆下的「御河」：

四月初旬，不寒不熱，在北京正是最好的天氣。頭兩天，下了一陣大雨，半空中的浮塵，都洗了一個乾淨。滿城馬路邊的槐樹，又青又嫩的新葉，結成一團，簇擁在樹枝上。東西長安街，是北京最廣闊、又最美麗的馬路。南北兩邊的街樹，排著綠雲似的，牽連不斷。兩邊綠樹對峙，中間一條馬路，其直如矢一條綠巷，遙遙的看去，又有舊皇城遺留下三座朱砂門洞，鎖住在當中。真個有些像西洋來的水彩畫。在東長安的中間，有一道石橋，橫跨在一條河上。這河自西郊昆明湖進城，穿過故宮，由景山東邊，迤邐向下。據一般人傳說下來，這就叫著御河。古人所謂「銅溝流翠，紅葉傳詩」，都是這種地方的古典了。沿著這御河，東西兩岸，都種著高大的垂柳。北方氣候，和江南不同，這個時候，論起來是初夏，實在和江南春暖花香的氣候一般，因之這些柳樹，還不十分的綠，猶自帶著一半鵝黃色。太陽光斜照在樹叢裡，風吹著柳條擺動，猶自金光一閃一閃。這些柳條，最長的有一丈來長，東岸的樹向西歪，西岸的樹向東歪，兩邊的樹，雖然隔著一條河，可是連接到了一處，全覆在河上。把河裡的水色，都映綠了。

所以，在張恨水的年代御河還在，兩岸的垂柳枝葉攀搭，覆蓋河上，河水竟成濃綠。這條河又毗鄰北大。民國北大有三院，一院文學院在紅樓，二院理學院在公主府，三院法學院，即在北河沿，臨河西畔。當時在北大教書的劉半農稱它是「北大的河」，一九二九年北大建校三十一周年時，他發表了以〈北大河〉為題的講演，說這段小河「是在北京城裡帶有民間色彩的，帶有江南風趣的水」：

春夏秋三季，河水永遠滿滿的，亮晶晶的，反映著岸上的人物草木房屋，覺得分外玲瓏，分外明淨……兩岸的楊柳，別說是春天的青青的嫩芽，夏天的濃條密縷，便是秋天的枯枝，也總飽含著詩意，能使我們感到課餘之暇，在河岸上走上半點鐘是很值得的。

他便與胡適在河邊，邊走邊吟，彼此哼過好幾首白話詩。他還同北大國文系主任沈尹默，商討徵集民間流傳歌謠的計畫，由此而使北大成為研究中國民間文藝學和民俗學的發源地。

如此一個楊柳依依的詩意流水，後來河道漸漸淤塞，水源乾涸，河沿破敗，只剩歪石敗柳，夏季更是臭氣沖天，蚊蠅滋生。這個北河沿的沉浮，就是中國「新舊」變遷的縮影，「舊」乃精華淘盡，「新」乃糟粕泛起。據說四九後河道被覆蓋成暗溝，改成平直大街，幾路公車繁忙穿梭其間。

六〇年代初，有個戴眼鏡的男孩，精瘦、外向、機敏的模樣，天天順著這條街走去他的中學。他從紅樓後面的沙灘大院走出來，左拐上了五四大街，沒幾步就穿街右拐，來到北河沿大街。他不懂這裡空曠而乾燥，無水無樹，為啥叫「河沿」？就像他不懂這一帶為啥叫「沙灘」一樣。他眼中的「北河沿」，路中央填高成馬路，右側是一道溝豁，也鋪平為路，沿路都是建築，頭一處是個大院，掛牌中國民主建國會中央委員會、中華全國工商業聯合會，它的前身即北大三院法學院。再往前不遠，有一所北京六十五中，是個高中，往南不久就是騎河樓，一條橫街，漸漸開始熱鬧了。這個男孩把這條北河沿，整整走了三年，夏季無樹蔭可遮烈炎，冬春之交這裡就是一個大穿堂，西北風呼呼叫得歡，飛沙滾滾，就是周有光說的「髒兮兮」的那種天。

北河沿一兩里地，就碰上東華門大街了。到此卻是古皇城與現代商業中心的重疊之處。從紫禁城的東華門，原有一座城門的，民國時已拆除，變成店鋪商號鱗次櫛比，一直逶迤到著名的王府井大街。那街口上有個大商場，當時叫東安市場，很像如今西方盛行的「大貿兒」（mall），但裡面大凡舊貨店，據說這裡在清朝是箭場，旗下子弟練習弓箭之處，後來廢棄無用，商販擺攤據為市場，自由發展，格局凌亂，但逛起來琳琅滿目。於是那個走著上中學的男孩，就在曠課、放學後混跡於東安市場的舊書店，常常在濃烈發霉氣味和成人們的褲襠下蹲到打烊。

東華門

故宮東門外的東華門大街上，有一所孔德學校，一九一七年由北大校長蔡元培，以及李石曾、沈尹默、周作人、錢玄同等十幾位北大教授所創辦，於今已有百年歷史。這地界原是明朝光祿寺，掌管朝廷祭享、筵席及宮中膳食的；清初改為英親王府，規模宏大。清末，宗人府劃此地為新學堂地址，面積將近二十畝，利用庚子賠款建了一所孔德學校，由蔡元培等人籌辦，並以法國近代實證主義哲學家孔德（Augueste Comte）命名，希望把法國實證主義介紹到中國。我見到這些史料，最驚異其校歌歌詞道：

啊，我們可愛的孔德，
啊，我們的北河沿。

你永是青春的花園，
你永是智慧的來源。
飲我們幸福的甘泉，
給我們生命的力量。

原來這百年新學堂，就坐落在風景如畫的御河旁邊的北河沿，校歌便讚美這條小河。孔德學校「教」與「育」並重，「民主」與「科學」並舉，白話文教材全部由北大教授們親自編寫；學校設有圖書館、美術室、音樂室、實驗室、手工室、體育場、小動物園、小植物園，教師與學生們共同參與的社團有文藝部、運動部、音樂部、美術部。學生大多來自北大教授和學者，以及附近的商人和官宦的家庭。

周作人民國二十三年有一文談孔德學校和小學教育：

我與孔德學校的關係並不怎麼深，但是卻也並不很淺。民國六年我來北京後便出入於孔德，十年在那裡講演過一篇〈兒童的文學〉，這已是十三年前的事了。以後教了幾年書，又參與些教材的會議，近來又與聞點董事會的事

> 情，這回學校紀念日要我寫幾句文章，覺得似乎不好推辭，雖我所能說的反正也總是那些舊話。民國二十三年間教育宗旨不知道變成怎麼樣子了，然而孔德是有它的宗旨的，我相信這在現在也還是沒有變。說什麼宗旨，像煞有介事的，老實說就只是一種意思，想讓學生自由發展，少用干涉，多用引導罷了。且莫談高調空論，只看看普通幼稚園的辦法就行，孔德學校的理論也只是一個園，想把學生當作樹木似的培植起來，中國有句老話，十年樹木，百年樹人，原來也是這個意思。這件事情卻是實實在在是「難似易」。前兩天我在一篇小文章裡說過：「福勒貝爾（Freebel）大師的兒童栽培法本來與郭橐駝的種樹法相通，不幸流傳下來均不免貌似神離，幼稚園總也得受教育宗旨的指揮，花兒匠則以養唐花紮鹿鶴為事了。」

僅此幾句，便可窺見民初教育於一斑，亦可知四九後中國教育之野蠻。

該校學制是初小四年、高小二年、中學四年共十年。一九二四年增設大學預科兩年，學制共十二年。同年還成立了幼稚園。孔德學校的學生從小學五年級起就學法文，畢業後可以赴法國深造。授課教師包括蔡元培、沈尹默、馬幼漁、周作人、錢玄同、馮至、顧頡剛等，簡直趕上北京大學了。國文課本是周作人、錢玄同、沈尹默三位主持編寫，書中插圖有的是徐悲鴻先生所畫。未見有魯迅在此教學的紀錄，但是他為研究中國小說史，曾在這兒的圖書館查閱資料。課餘活動也豐富多彩，每年春秋兩季，學校都要組織郊外旅行。

孔德學校是男女同校，開風氣之先。孔德學校畢業的學生中走出很多名人，陳香梅、女詩人石評梅、中國核彈之父錢三強……戲劇家吳祖光也是孔德畢業生，他回憶當年情景：

孔德學校搬到東華門大街的清代宗人府，是一個大寺院。學校剛剛接管的時候，我們幾個「高班學生」看見有一個相當大的城隍廟，便把金剛、鬼判的棍、棒、槍、刀都拔下來……學校搬進新址之後，西邊一個大四合院是我們中學高班的教室，東邊一個院子是小學教室。

到六〇年代，從北河沿一路走了三年去上中學的那個男孩，走進去的已經叫北京二十七中了。我依稀知道它曾經叫「孔德中學」，而且因為把這個「孔」字掛鉤到孔老二那兒，便連帶著「封建主義」，人們多不願提它了。吳祖光筆下的景像已蕩然無存，一棟教學樓是後來蓋的，校門旁兩個刻有精美圖案的大石礅、掛在樹上的鐘，都是舊物。

這是在北京名聲不大好的一所男女合校，坊間私底下稱為「流氓中學」，未知何故。學生皆為周圍平民子弟，有些團夥，打群架時揮舞自行車上的飛輪，還時興勾引女學生，胡同裡的話叫做「拍婆子」，情形頗有些像臺灣電影《牯嶺街少年殺人事件》，只是沒有美國流行文化的背景罷了。文革前的北京中學，分男校女校，即使如我這所中學男女合校，也截然分成男生女生班，互相絕對隔離、視同陌路的。我初中三年沒有跟同校的女生講過一句話，那時說一句就是「流氓」。這就是我們一代的青春期，我只記得，有時我坐公共汽車上學，與我乘同一路車的，有個女生，但總是一個背影，纖弱瘦長的身挑兒，拖著兩根辮子。我知道她和我同校，不久又發現她也住在景山東街。這個「發現」可要命，從此我上車一見那影子，就心裡發慌，如此朝夕同路，我卻沒敢同她打過招呼。

我雖沒有福氣受業於「孔德」，但是中學時光仍輕鬆快樂，讀書如遊戲。我作文好，另加迷戀幾何，男生們時興競賽解難題，我解得又快又靈。我們的班主任趙老師，是個四川人，教歷史的，胸有丘壑，知識上讓我服氣，跟他聊天也許誘發了我一生好擺龍門陣。

初中畢業後，我再也沒有回過母校。聽說文革一開始，而且就在毛澤東接見「紅衛兵」不久，校園裡開大會，有個女生將隨身帶的小紅書（毛語錄）墊底而坐，當場被紅衛兵活活打死；她遭此劫，也是因為出身不好，可知這所五四老校，終於沒有逃過現代戾氣。

隆福寺

從沙灘紅樓往東走一里地，就是東四牌樓，繁華在東城僅次於王府井。不過那牌樓沒能捱到六〇年代，「開國」之初就撤除了，我無緣見識。多年後才從一些資料中讀到，當年梁思成竭力反對拆牌樓，他說牌樓、華表、影壁這類裝飾性建築，乃是中國獨特的街市點綴，其意義同古羅馬的凱旋門毫無二致，君不見歐美中國城的唯一象徵就是這牌樓嗎？拆去牌樓，北京在整體上就散掉了……。

取代東四牌樓的，當時就是一群「現代化」方盒子，以中國民航總局的巨廈最高，然而在它背後，還是有舊北京的一處「盛景」在苟延殘喘，那就是隆福寺。老北京有所謂「東西兩廟」，隆福寺即為東廟，西廟是護國寺，都有二百多年廟會歷史，即《紅樓夢》裡賈寶玉所謂的「大廊大廟」，民間也有諺云：「東西兩廟貨真全，一日能消百萬錢。」這種熱鬧，我們「新中國」一代，自然也是無緣見識的。不過，隆福寺有些特別，舊時這裡是以舊書、碑帖、字畫、古玩一類攤位而著名的，破破爛爛之中偶有稀世珍物，要看你識不識貨。我們西齋那位紅學家，就在隆福寺的「冷攤」上買到一塊圖章，有「怡紅快綠」四個字，他用來作自己的圖章，據說很值錢。

隆福寺「冷攤」在文革中悄悄死灰復燃，是因為抄家之風，「掘」出許多深宅大院裡藏的寶物，紅衛兵又都不識貨，當垃圾扔了，於是許多極名貴的善本字畫古玩，都流落到隆福寺來，任極個別的「有心人」收羅而去，又轉賣海外。若說當年「八國聯軍」燒殺北京是中國文物的一次大流失，那麼文革是更為洶湧的另一次。

我那時就愛逛隆福寺，但不識貨，卻結識一個人，外號「老鵰」，是讀美術系的一個大學生，好像也是個沒落世家子弟，因而識貨，不吭不哈從隆福寺「冷攤」上，用小錢買走許多國寶級文物，主要是字畫碑帖。印象很深的，是他曾向我炫耀一套拓片，乃聞名中外的洛陽龍門古陽洞裡的「龍門二十品」，北魏書法極品，他弄到的據說至少是明朝的拓片。他賣弄：知道嗎？施亞努（西哈努克）親王去龍門朝拜，周總理和康生陪著，康生懂書法，愣是當場叫人拓一套「二十品」，如獲至寶，可是他只拓到十九品，有一品不在古陽洞裡，他找不到……。

「老鷗」文革中是逍遙派，撈足了，等鄧小平一「改革開放」，捲起鋪蓋捲去美國，成了蘇富比（索士比）拍賣行裡的常客。這廂中國宣布他是文物盜犯，下了通緝令，可「老鷗」已經要在紐約花園大道買上百萬的寓所了。待我流亡到美國，再遇到這傢伙，他卻可以回國了。他說，幸虧有「六四」，共產黨又「通緝」了一大群，於是赦免他那一撥兒。

東四後來蓋了一座美術館，據說設計者的靈感，來自敦煌莫高窟的重疊飛簷，後來建成一棟古典閣樓迴廊式建築，琉璃瓦飛簷，淺米黃色白牆，在京城裡別具一格。此地離沙灘千步之近，於是我和同伴們有展必來，但是印象深的，卻只剩下一張老農面孔：嘴裡無牙，臉如樹皮，皺紋如刀刻，即巨幅油畫〈父親〉，無數人在畫前落淚。那是一九七九年底的第二屆青年美展，作者羅中立當時還是四川美院學生，他回憶一九七五年除夕夜，在他家附近的廁所旁邊，看到一位掏糞農民，從早到晚一直叼著旱煙，麻木、呆滯：

> 一雙牛羊般的眼睛卻死死地盯著糞池。這時，我心裡一陣猛烈的震動，同情、憐憫、感慨……一起狂亂地向我襲來，我要為他們喊叫！

這個青年美展被稱為中國當代藝術的一次井噴，以後十幾年再也沒有產生像〈父親〉這樣震撼的作品，有人解釋乃是文革壓抑之後的突然釋放，七、八〇年代也在觀念變革的震盪期，此後時代平庸起來了。好的藝術是需要氛圍的。

其實更重要的，是反叛。在幾個月前，這年秋天，有個「星星美展」，在美術館東側小公園裡展出了，鐵柵欄上掛滿了二十三位藝術家的一百五十餘件油畫、水墨畫、鋼筆畫、木刻、木雕；一些大的木雕擺在地上，有一些畫掛在樹上；畫旁還有《今天》的詩人配的短詩。多年後有人這樣詮釋它：

一幫大多沒有受到學院教育的業餘文藝青年。一九七九年是哪一年？三年前毛澤東去世，「文革」結束；兩年前鄧小平復出，恢復「高考」；一年前十一屆三中全會召開，〈實踐是檢驗真理的唯一標準〉在《光明日報》發表，西單出現民主牆，北島、芒克、黃銳等蹬著三輪車，到北京大學、清華大學張貼他們創辦的文學刊物《今天》。整個社會熱氣騰騰，關於自由、民主、情感表達等的討論開始活躍起來，並且演變為一場思想解放運動。同為詩人和畫家的黃銳不滿足於給《今天》畫封面，拉了馬德升、鍾阿城一干人組成「星星畫會」，名字取「星星」，是強調星星作為獨立發光體的存在，相對於「文革」只有一個發光體——作為太陽的毛澤東。

下闋一

紅樓大院

我回憶沙灘的初衷，最是想寫那棟紅樓，即當年北京大學文學院，所謂「五四的搖籃」，回憶這棟紅樓的文字如今很多，大凡是民初的北大學生們，重拾蔡元培校長那「相容並包」、「學術自由」風氣下種種溫馨有趣的細節，讀來令人神往。可是半個世紀後的紅樓一帶，卻是別一番光景——占據這塊新文化「聖地」的中共中央宣傳部和《紅旗》雜誌社，及其文人們的命運，卻很少有人去回憶的。若說「五四文人」曾劇烈影響了中國的二十世紀，那麼後來的文化大革命，最高潮時委實也是「文痞當道」的，不少角色也來自這棟紅樓的背後，其間波瀾大興、沉渣泛起，大概比京師裡哪個大院都要精采，這是過來人都知道的，可是文人們心有餘悸，不論當年多麼利索的手筆，未見有人著墨一二，我略知其中甘味，便也忍不住補綴幾筆。

記得一九六二年我家離開西齋，搬進中宣部大院的一棟樓房，正緊挨「五四」紅樓，並肩站在沙灘大街。紅樓已跌進歷史塵埃，無人識得，亦如同一個「歷史婢女」，任人使喚了，當時用作文物局什麼的，反正就是一個骨董了。它的身後，是陸定一、陳伯達主持的中共意識形態大本營。沒有幾年，這個沙灘大院裡，除極少數「雞犬升天」之徒外，大多數文人都是「閻王殿」的小鬼，受盡七層地獄之苦，因此子女們都是「黑五類」，這裡沒出「紅色恐怖」的「聯動分子」，也沒出魏京生那樣的「民主先知」。

讓我先從「新中國」的一個源頭說起，它就在我家的隔壁。

圖書館抄寫員

我在那「五四紅樓」旁度過了整個少年時代，一直不知道它與我們「新中國一代」有何關係，直到八〇年代我偶然走進那裡，才發現「歷史」整個兒是一個騙局。我當時正在籌畫我的第一篇報告文學《東方佛雕》，去那裡是為了採訪中國文物「第一攝影師」，他在文革中獨自拍攝了洛陽龍門石窟的全部造像，卻首先被日本人買去全部底片，出了好幾本極精美的畫冊。老頭兒對我哀歎，那時中國既無高品質印刷技術，也沒有出版社接受他的作品。我對他的採訪，就是在紅樓裡進行的，因為那裡是國家文物局，有老攝影師一間辦公室。

每天進進出出，總見一樓左側盡頭掛著一塊紅色的牌子，上書「毛主席在北大工作處」幾個字。看到這牌子的時候，毛澤東已經躺在華國鋒為他蓋的天安門那個巨型墓場裡了，我也大致曉得他在北大並非讀書的學生，而是李大釗負責的圖書館的一個臨時工。我便好奇的問了一句：
「這個『工作處』，是根據什麼來確定的？」
「……」老頭兒聳聳肩。
「你們可是文物局呀，總不會瞎編出一個『遺址』吧？」
「不不。他當初是在那個旮旯，是有『考古』根據的，你沒讀過有些回憶文字？那個角落是當年北大閱覽室的進口，他每天擺張桌子在那裡登記看誰來讀報……。」

老頭兒有點不敢往下說了。後來我和老頭兒成了忘年交，常去東四某胡同他家中拜訪，他除了對中國人無端糟蹋祖先留下的無數寶藏每每唏噓不止外，高興了也會備酒與我對酌，扯些別的閒話，他也放鬆得多：

紅樓那塊牌子，也不是白掛的，裡面掌故多了。難道你沒聽說過？主席年輕時來北大圖書館，李大釗手下一個管事的，先叫他抄資料，你想主席那一筆龍飛鳳舞的字，能抄得出個什麼樣兒來？那個管事的一看，一把扔到主席臉上，「重抄」，他也得乖乖撿起來去重抄呀……這管事的據說活到解放後，一看當年那個抄字的上了天安門，差點兒沒嚇死過去。還有，北大學生來閱覽室，他們進進出出都旁若無人，主席見天兒坐那門口，還得斂住氣請人家簽個到，簽下來的名字，都是「傅斯年」、「羅家倫」，如雷貫耳的，主席心裡會是什麼滋味兒？所以呀，他後來死整知識分子，是其來自有，同紅樓裡掛牌子那個位置是有淵源的。別瞧那是個旮旯，咱們讀書人，得記住那個地方，要不挨了這麼些年整就白冤枉了。

文物局在二〇〇一年遷走，這裡改成「新文化運動紀念館」，復原五四時代李大釗做館長時的舊景，於是可知那處「遺跡」已成「聖跡」；二〇〇八年此地乾脆命名為「愛國主義教育基地」了。

「圖書館抄寫員」毛澤東挨訓這個典故，私下流傳甚廣，無非民間瀉怨憤的一個小口子，卻無可證實。不料毛死後，漸漸清晰起來的一個細節是，當年訓斥圖書館見習書記（抄寫員，不是現在「書記」的概念）者，乃張申府先生，時任北大圖書館長李大釗的助手。「六四」之後，更有章立凡先生，專門請教張老先生與毛的過從，原來當時館長李大釗每年暑假都要回昌黎老家五峰山休假，張申府曾兩度代他主持館務，這件事發生在一九一八年的暑期，他說得十分簡略：

我在北京大學圖書館已是助教了。毛潤之來館做見習書記，月薪八元。一次我拿了一份書目交給他繕寫，寫完後一看，全部寫錯了，只好又退給他重寫。

一九四五年毛潤之到重慶，他請我吃飯，十分客氣。但當我把自己寫的一本書送給他時，他面上頓現不豫之色。我在這本書扉頁的題詞是：潤之吾兄指正。

解放後我因「呼籲和平」一文受到批判，被禁止發表文章和從政。章行嚴（士釗）曾請潤之緩頰，讓我出來工作。潤之說：當初他是我的頂頭上司。未允。

另有一個更聳人的段子是，毛在北大圖書館時，不僅被上司張申府訓斥，還被當時的學生傅斯年打了一記耳光：毛在北大圖書館出借部工作不認真，特別是字跡十分潦草，難以辨認。圖書館館長李大釗就此曾經批評過他。有一次毛把傅斯年要借的一本書搞錯了，毛不認錯反而強辯，加之兩人的方言溝通不良，傅氣急之下打了毛一個嘴巴。這個故事在臺灣一些書籍裡有記載。

毛澤東自己有一段回憶，是一九三六年他在延安窯洞裡，向美國記者愛德格．斯諾（Edgar Snow）談起的：

我自己在北平的生活是十分困苦的。我住在一個叫三眼井的地方，和另外七個人合住一個小房間，我們全體擠在炕上，連呼吸的地方都沒有。每逢我翻身都得預先警告身旁的人……對於我，北平好像花費太大了；我是從朋友們借了錢來北平的，來了以後，馬上就必須尋找職業。楊昌濟——我從前在師範學校的倫理教員，這時是國立北京大學的教授。我請他幫助我找尋一個職業，他就把我介紹給北大的圖書館主任。這主任就是李大釗，他不久成了中國共產黨的創立者，後來被張作霖槍殺了。李大釗給我找到工作，當圖書館的助理員，每月給我一筆不算少的數目——八塊錢……我的地位這樣地低下，以至於人們都躲避我。我擔任的工作是登記圖書館讀報紙的人們的名字，可是大多數人，都不把我當人類看待。在這些來看報的人們當中，我認識了許多有名的新文化運動領袖們的名字。像傅斯年、羅家倫，和一些別的人，對於他們我是特別感興趣的。我打算去和他們開始交談政治和文化問題，可是他們都是忙人。他們沒時間去傾聽一個圖書館助理員說南方土話。

「五四」乃中國現代史的一個思想和政治的叢聚，既將一場「反帝愛國」運動與一個顛覆傳統的「新文化運動」攪合在一起，難以區隔；又被指「以救亡壓倒啟蒙」，引領大潮疊起的激進化趨勢不已，以致釀成文革紅衛兵禍亂；近來更有研究似撬開另一歷史暗箱：李大釗於一九一八年初出任北大圖書館長之後，就開始和在北京的蘇俄人士來往，而彼時蘇俄最忌日本稱霸中國，威脅遠東，它一直在煽動中日仇恨，挑起中日戰爭——一九一九年的「五四」運動是否由蘇俄暗中策動？這與中共一再強調「俄國的十月革命推動了中國『五四』運動爆發」，不會只是巧合吧？

爬窗溜進審片室

假如你站在沙灘「五四大街」上，抬頭看見那棟「北大紅樓」，通體淡紅磚砌成、紅瓦鋪頂，就有一棟跟她高度相仿，比肩站立的大樓，也是淡紅色的，進入你的眼簾，彷彿兩姊妹，你避都避不開它。這棟紅樓的右側，往北開出一條小街，所以它立在一個街口，這條街叫沙灘北街，往下走幾步，路東有個大門，「沙灘北街甲二號」，軍人站崗守衛。這個深嚴的門禁，就是「中宣部大院」。

一九六二年我家從西齋搬來這座大院，住進上面說的那棟紅樓，它叫「紅前樓」，東西向，對面還有一棟「紅後樓」，兩樓圍成一個「冂」字型的家屬院，每棟樓四層，各有三個單元（門洞），我們住進四號門二樓西側單元。比起西齋點蜂窩煤爐和露天水池的條件，這裡有廚房、廁所，還有一個洗澡間帶浴盆；每週四晚上輪到「紅前樓」供熱水，大家洗完澡，還可以趁熱水洗衣服，那時當然沒有洗衣機，媽媽用洗衣粉搓完衣服，分配姊姊和我輪流清洗。姊姊自己一間屋，爸媽他們一間；我和弟弟住一間，我們這間正好在西南角上，窗外就是熙熙攘攘的五四大街，我常在豔陽下，發呆眺望大街上往來的車輛和人流，窗戶關著也聽不到什麼聲音，久了這街景便成一幅無聲的默片。

於是，我就是那個戴眼鏡的，精瘦、外向、機敏的男孩，天天從紅樓後面的沙灘大院走出來，就從我家窗戶底下的這個街角，拐上「五四大街」，再順著北河沿大街走去我的中學。不知道為什麼，我壓根兒不喜歡這個大院，是因為景山不在隔壁了？其實只要穿過很短的景山東街，走去那兒不過幾分鐘，卻彷彿就失落了它，沒有辦法把西齋的歡樂帶過來，而進了這個大院，好像掉進一個制式的、空氣凝固的大井裡，我忽然失去了童稚和好奇，不願跟同院的小孩們來往，也不參加大院裡組織的各種課外暑期活動，唯一感興趣的一件事，是偷看內部電影。

在我們對面的「紅後樓」的背後，有一棟「教育樓」，二樓是個有舞臺的禮堂，可供幾百人觀看文藝節目，平時則是中宣部領導審查電影之處。中共一開國就有嚴格的電影審查制度，分劇本和成片兩階段審查，也就是說，電影的分鏡頭劇本、紀錄片的拍攝提綱，必須先送文化部電影局初審、文化部核審批准之後，才允許開拍；重大題材則須送中宣部審核——這一套到八〇年代已經廢弛，否則我的《河殤》怎麼可能出籠？然而在少年時代，我曾跟著「中宣部領導」偷看審查片，就在這棟「教育樓」裡。我在中宣部大院裡，只有一個朋友，還是我的中學同學，叫皮聲揚，他腦瓜靈、膽子大，一次問我「想看『內部電影』不？」然後領著我從教育樓一層乒乓球室的窗戶爬進樓裡，上到二樓，蹲在電影幕布後面，從銀幕反面看，現在還記得看過的片子，如《我們村裡的年輕人》、《飛刀華》、《寂靜的森林》、譯製片《三劍客》，還有一部蘇聯電影《非常事件》，說一九五四年有一艘蘇聯油輪，在巴士海峽被中華民國海軍攔截，並扣押在高雄，銀幕上的臺灣，一派西化，靡靡之音，給我極大的想像空間。這些片子都還沒有公演。我看了幾部之後才意識到，隔著銀幕的對面，是那些審查電影的中宣部部處兩級幹部，有時候還有中央來的人。

皮聲揚的媽媽也在《紅旗》雜誌工作，他爸爸則是北京電影製片廠的，於是他又領我跑到別處去看「內部資料片」，大概電影圈子裡有些特殊的場合和需要，允許小範圍放映，入場券奇貨可居；我們常去的幾處，如北太平莊的北影廠、政協禮堂、公安部禮堂，還有莫名其妙的各部委大院禮堂，這些場合放映的都是譯製片，美國、法國、日本片都有，但是給我印象最深的，是一部《羅馬之戰》，不是好萊塢的，而是西德義大利合製，講述東羅馬帝國晚期（拜占庭）與東哥德（Goths）的蠻族人之間的陰謀與戰爭，長達三個小時，片中哥德王的兩個女兒爭奪王位，妹妹設計把姊姊燙死在浴池中，陰險、美豔、裸體，其中每一個元素，當時在中國都對大眾禁封，卻令一個極少的特權階層飽嘗，等到以「內部資料片」的名目流傳出來，便把中國人看呆了，因為這個社會資訊封閉多年、也禁欲多年。那時候看「內參片」，常常沒翻譯過，銀幕底下站兩個人，現場同聲翻譯，這部則不同，是由上海電影譯製廠配好音的，一班最大牌的配音演員，如衛禹平、中叔皇、蘇秀、邱岳峰、于鼎、高博等，後來網上傳出一些關於此片的背景資料，大公主譯音演員蘇秀有個回憶說，此片譯製「正常工作起碼要一個月，可當時卻限令我們幾天之內一定要完成。後來聽說因為這部影片的內容涉及到很多政變陰謀，是林彪要用來作參考，急於要看的」、「那年又特別熱，錄音棚裡也沒有空調。早晨抬進來一大塊冰，一會兒就化光了。我們五、六個人一塊擠在一個話筒前，簡直熱得氣也喘不過來了」；其中也提到江青：

> 一次，一部美國四〇年代的商業片發到了我們廠。它跟「國際階級鬥爭新動向」根本挨不上邊兒，也談不上有什麼藝術性可供樣板團參考。在看片時，

我對坐在我旁邊的同事說：「為什麼要我們譯製這部影片？它有哪方面的參考價值？」他開玩笑說：「中影公司發錯片子了。」後來聽說，江青特別喜歡美國男影星泰隆．鮑華（Tyrone Power），凡是他主演的片子都要弄來讓我們譯製。直到一九七五年社會上開始流傳《紅都女皇》時，我們才明白了，什麼「了解國際階級鬥爭新動向」，什麼「給樣板團作藝術上的參考」，我們其實不過是給江青那夥特權階層的人「唱堂會」罷了。當然，同時她也把這些「內片」作為肉骨頭丟給那些她所豢養的人，使他們覺得自己也有某些特權因而洋洋得意，以便更加死心塌地地為她賣命。

白毛女

沙灘大院令我回味的還有一處，是「孑民堂」。這「孑民堂」，全院小孩都會叫，但是我估計大多數人並不認識那個「孑」字，也不知道「孑民」何許人也。據說一九四七年的北大為紀念蔡元培先生，將一個三進院落改稱「孑民紀念堂」，院內雕梁畫棟。一九五五年修建中宣部辦公大樓時，拆除了「孑民堂」的許多附屬建築，留了一個西院，作副部長錢俊瑞府邸，後來副部長姚溱遷入，文革中稱「紅心院」，為軍宣隊辦公所在地。

「孑民堂」平時也用來放電影、開舞會和節日娛樂活動，暑假期間則開設為「學生俱樂部」——暑期閱覽及遊藝室，我在那裡讀完了法國科幻大師儒勒·凡爾納的全部譯作，從《海底兩萬里》到《神祕島》。有一天，我又興沖沖趕去，卻見大門緊鎖，還裝了一個門鈴，我疑惑地按了一陣，大門「吱」地一開，兀見一方臉漢子出來，頭上戴著很考究的一頂蘇式皮帽，一看就是個大官，吼道：「去！小孩兒。」我嚇得轉身就跑。事後問同院孩子是怎麼回事，「嗨，你怎麼不知道？那兒住的是——周揚！」

老實說，我那時真連周揚是誰也不清楚，只隱約覺得這個名字有些耳熟，好像是老被魯迅罵的一個人，壓根兒不知道他是一個副部長，文藝界的總管。他能住進「孑民堂」，足見當時之權勢。不過，周揚權傾一時也是有資本的。自文藝上出現「延安時代」以來，沒有人比他更有生殺予奪的能耐，陷胡風、掃右派，連丁玲的命運都被他玩於掌股之上；而且，他為中共鑄鍛出一支精良的文藝隊伍，在文學藝術的一切領域裡「締造」一整套造反神話，包括毛澤東這個「大救星」，取代和剝奪中國人的想像空間。中共這個武裝暴力集團若缺了周揚這等角色的輔助，斷不會如此出色。

周揚的「文藝神話」，起始於延安的一部歌劇《白毛女》。一九四五年春時任魯迅藝術學院院長的周揚，聽到從晉察冀邊區來的作家，談起當地流傳一個白毛仙姑的傳說故事，周揚敏銳地抓住它，說一個女人被迫在深山生活兩三年，白了頭髮，很有浪漫色彩，寫成一齣歌劇不是很好麼？於是他組織一批作家、詩人、作曲家進行創作，向他們提煉出一個主題：「舊社會把人變成鬼，新社會把鬼變成人」。這齣戲在中央黨校禮堂首演時，毛澤東、周恩來皆去觀看，據說把毛澤東感動哭了，周恩來並誇獎這齣戲「走到了時間的前面」，提前將「民族矛盾」升級到「階級矛盾」，因為抗日戰爭即將結束，與國民黨爭奪江山就要開打。文評家孟悅在〈女性表象與民族精神〉一文中，精采地分析了階級意識改造一個民間故事的偷換路徑：

喜兒與黃世仁之間強暴與被強暴的性別壓迫事實一旦被抽空，便只剩下壓迫被壓迫的關係式——剛巧符合我們關於「階級」概念的簡單化理解……隨著喜兒「身體」標記的完全消亡，她的性別處境已被抹卻，痕跡不剩，但留下的那個空位，卻被名之為「階級」。一個不再有身體的「受壓迫的女人」就這樣在被剝除了性別標記之後，變成了「受壓迫階級」的代表。當革命來臨，喜兒的形象出現在鬥地主大會上時，一個沒有形體的、不在場地「被壓迫階級」終於借助她而有血有肉地出現。《白毛女》的敘事設計就這樣完成了一個意識形態詭計，即以一個傳統性別角色模式中的人物功能、以性別個體之間的對立關係，承載了「階級」關係和等級，以喜兒被壓迫的女性表象填充、支撐了與地主殊死對立的「貧苦農民」，或曰，以等級底層的「性別」表象填充並支撐了「被壓迫階級」。可以說，若不是靠抹煞身體與性別，與喜兒的性別化作一個空洞的位置，則黨的權威和位置及整個「階級鬥爭」的政治象徵秩序，都將無可附著。

按照法蘭克福學派，或如今大陸上叫著「新左派文學史敘事」的解讀，話語改造最標準的做法，不是剝奪而是以偷換的方式，把每一個「自我」摘除掉，代之以革命「經典」所供應給你的「標準件」：在人們的想像和表達的對象化為空洞之處，代入超越性的、抽象的、抹平一切差異的意識形態話語。周揚掛帥的這支文藝隊伍，締造了一個語言的暴力體系，創作了一批「經典」，借助一切傳播的手段，進入大眾想像／表意系統、情感宣洩方式等等淺意識無意識領域，這樣的「經典」或「本文」，最初只是一兩首民歌改編的小調，如《東方紅》，取自一首山西小調的旋律，將歌詞全部偷換掉；後來就洋洋大觀，出產了大陸上曾經婦孺皆知的《白毛女》（從民間傳說到話劇、電影、芭蕾舞）、《洪湖赤衛隊》、《紅岩》（都是從小說到電影、流行歌曲）、《收租院》（從大型群雕到紀錄影片、博物館）等等，以及整個龐大的、有大師級人物（如老舍、茅盾、郭沫若）作為支柱的具有強烈感染性侵蝕性的所謂「革命文學」。當年法蘭克福學派所分析的「權威國家」像製造工業一樣製造「文化」，以及「晚期資本主義的國家」在一切生活領域裡的干預，比起中國的這種話語改造運動來，真是小巫見大巫了。

周揚他們不僅編造「造反神話」，還製造「新人」譜系，創造性地將中國傳統的「聖人」製造術接榫進來（這主要發生在劉少奇主政的溫和時期），「史前」打天下的英雄譜系，如抗戰之張思德、白求恩，內戰之董存瑞，韓戰之黃繼光、邱少雲，被一個全新的「建設年代」的平民化的英雄譜系所取代：向秀麗（一個燒傷的女工）、劉文學（農村小學生）、雷鋒（普通戰士）、焦裕祿（縣委書記）、王進喜（產業工人）、陳永貴（農民）、時傳祥（城市清潔工）、邢燕子（下鄉知青）等等，完備到了幾乎為這個話語系統中「正當」身分和各行各業都製造了對應的一個模型；由於知識分子身分的曖昧性，他們的模型是要到鄧小平時代才被「扶正」，於是後來又在這個譜系上接續了諸如錢學森（科學家）、張海迪（傷殘青年）、李燕傑（教授）、曲嘯（被冤枉的幹部）等等近乎被人調侃的「英雄」。

可是很奇怪，毛澤東對周揚卻又特別心狠，周揚住進「孑民堂」的時候，已經離滅頂之災不遠了。「文革」中北京挨鬥最凶的要數沙灘中宣部的頭頭們，陸定一、周揚首當其衝，死去活來，脫了幾層皮，可他倆居然都活了下來，又成為中共領導人裡僅有的兩個徹底反省者，周揚晚年反對再整知識分子，成為「自由化」的總後台，他更是對鄧小平也忤逆不避，至死不再檢討，蓋棺之際極有風骨，令人刮目相看。不過也奇怪的是，中共至今最左的棍子們，仍是陸、周當年手下的一幫，如鄧力群、賀敬之之流。我始終想不通其中緣故。

東方紅

周恩來有一次把周揚等人叫到西花廳，他在中南海裡的住所，向他們吩咐了一項任務：排練一場大型歌舞劇，「向建國十五周年獻禮」，那是一九六四年夏天。這個「大型歌舞」的概念，卻是空軍司令劉亞樓從朝鮮（北韓）帶回來的靈感，原來一九六〇年他出訪朝鮮，那邊在一個巨大的機庫裡，招待了他一場表演，竟是三千人的大型歌舞《三千里江山》，把他震暈了，回來就下令他的空政文工團，也創作表現戰爭時期的大型歌舞。由此，一種來自朝鮮的造神「巫術」，便迷醉了北京的魅力型領袖，而真正的總導演是宵衣旰食的國家總理。

一九六四年是個什麼年景？現在回想起來，一場轟轟烈烈的「現代迷信」正如同大潮湧起，可是有點奇怪，它好像起始於軍隊汽車連一個戰士的死亡事故，他叫雷鋒，北京的領袖們都題字號召向他學習，而掌管軍權的林彪，刻意挑明「學雷鋒」就是要「學毛著」，於是「紅寶書」、學語錄、「早請示、晚彙報」、忠字舞等風靡全國……這次周恩來要排大戲，調動一切可能的文藝資源，並且指令節目編排，必須完整表現奪取江山的「五次大仗」，最後全劇分八場展開；演員、舞臺美術人員、詩人、作曲家、舞蹈家、音樂工作者以及工人、學生，共三千多人參加演出，排練五十多天，排練到第九次時，才確定這幕歌舞劇叫《東方紅》，「為了表達對毛澤東的敬仰」；一九六四年十月二日晚八點在人大會堂首演。

記得還在那年國慶日前，一天父親給我一張戲票：「你去看一場彩排吧，在人民大會堂，難得有機會，進到那裡面去看看。」好像他自己不太要看這場戲，要我去看的，似乎主要也是那個大會堂。我這麼個普通中學生，除非特別優秀，被學校的什麼政治活動選中，是絕無機會走進那個「神祕殿堂」的；又好在沙灘離天安門廣場很近，順著北河沿走到南河沿，出了南河沿口子就是長安街，人大會堂就在廣場西側。

當你順著很高的臺階，走進這座大會堂的時候，我估計大部分人都會有一點不適感，人被忽然縮小的一種感覺，後來我才看到冰心的一句描述，她刻意寫得很巧妙：「走進人民大會堂，使你突然地敬虔肅穆了下來，好像一滴水投進了海洋，感到一滴水的細小，感到海洋的無邊壯闊。」

這反而是建築師梁思成所反對的。據說一九五八年在討論大會堂設計方案時，梁思成批評當時選中的方案，失去尺度感，「犯了簡單放大的錯誤」，他舉例俄國聖彼得教堂在尺度上的失敗為例，即為了追求偉大、莊嚴、隆重，而把開間、層高、門、窗、戶、壁的尺度，放大了一倍，於是人進去就變小，到了巨人國的感覺，他說這叫著「小孩放大」。其實他一定知道，蓋一座「一萬人開會，五千人會餐」的「萬人堂」，是毛澤東的意思；周恩來還要求「八個月蓋成、壽命不能少於三百五十年」；在此之前，已經蓋了一個「百萬人廣場」，梁思成也為它跟所有人都吵翻。

《東方紅》演出在萬人堂裡面的大禮堂。我找到座位坐下一看，觀眾不多，二樓是空的，因為彩排嘛。八幕戲中包括五個大合唱、七個表演唱，還穿插了十八段朗誦、三十多首革命歌曲、二十多支舞蹈，總之對觀眾絕對是一場疲勞轟炸。序曲是〈東方紅〉，多聲部合唱，還伴隨「葵花舞」。它本來是一首山西民歌〈芝麻油〉，歌詞如下：

芝麻油，白菜心，要吃豆角嘛抽筋筋。

三天不見想死個人，呼兒嗨呦，哎呀我的三哥哥。

據戴晴考證，一九四〇年代毛澤東在延安取得絕對領導地位後，一九四三年有個小學教員迎奉政治形勢，往〈芝麻油〉裡填了新詞，一支民謠就成了頌歌：

東方紅，太陽升，中國出了個毛澤東。
他為人民謀生存，呼兒嗨呦，他是人民大救星。

然而演出其間確有幾首膾炙人口、悠揚動聽的民歌，令人難忘。如第二場《星火燎原》裡的〈八月桂花遍地開〉；第三場《萬水千山》裡的〈情深意長〉，彝族民歌，鄧玉華獨唱；第四場《抗日的烽火》中的〈松花江上〉；第六場《中國人民站起來》裡的胡松華唱的〈讚歌〉，都是傳誦一時，落入尋常百姓之口。我記得有另外兩首歌，〈八角樓的燈光〉和〈抬頭望見北斗星〉，雖然都是「紅軍戰士想念領袖」的俗套，但是具有革命歌曲裡缺少的那種纏綿委婉的調性，在不久後興起的文革派仗中間，被大江南北的千萬造反學生們反覆詠唱，以寄託他們莫名的孤冷和愁苦。

還有一位西藏女高音才旦卓瑪，在這裡唱了一首〈毛主席的光輝〉，但是令她著名的，是另一首〈在北京的金山上〉，是文革中音量最大的幾首歌曲之一，它甚至已經代換成漢人的「崇拜」儀式，雖然這首歌是借藏人的歌喉，把北京說成神山，把毛澤東說成神——借藏傳佛教的藝術來塑造漢人的「現代迷信」，也算一種「洋為中用」吧。

我看得目瞪口呆，末了像喝醉了似的回家去。出來那萬人堂，又跌進燈火闌珊的萬人廣場，好似從一個空谷走進另一個空谷，只是高歌歡躍對聽覺視覺的滿堂灌效應之後，驀然又把你摔進萬籟俱寂中去，冰火兩重天的落差，叫人感覺冷颼颼的，一時理不出頭緒；要到兩年之後，我又站在這裡，周遭是萬眾歡呼「萬歲」的癲狂涕零的大串聯學生們，遠遠的天安門城樓中央，有個人在揮舞他的手臂，此時此刻，我彷彿什麼也聽不見了，忽然悟到在萬人堂裡被歌詠的對象，終於送到這個空間裡來了；原來我看到的那個彩排，其實是在彩排十年文革，舞臺上的阿諛、迷醉、癲狂，後來如法炮製到萬人廣場上，觀眾席裡如潮水一般流傳的，則是來自全國的百萬紅衛兵。

國慶日後的十月六日晚上，毛澤東帶著八千駐京官兵前來觀看《東方紅》了；

毛澤東看完表演，只說了一個建議：第一場要表現舊中國的上海，表現中國人民在帝國主義壓迫下的苦難，應該在「公園」的門口加上一塊牌子：「華人與狗不得入內」；

十月十六日晚，毛等領袖接見全體演出人員，他們到達大會堂之後，獲悉第一顆原子彈試驗爆炸成功，周恩來隨即向文藝演員們提前宣布，並且說：大家不要把這個宴會廳的地板蹬壞了！

《東方紅》在北京連演十四場，場場爆滿，北京電視臺和中央人民廣播電臺作了多場實況轉播。

《東方紅》是有思想史意義的，即「領袖」糾纏了我們一輩子，成為難以擺脫的一種「父權」。

忠叛之辯

老少咸宜的《北京晚報》，一九六三年八月二日突然刊文介紹學術刊物《歷史研究》第四期上，一個名不見經傳的戚本禹稱《忠王李秀成自述》是「叛徒的自白書」，挑戰了史學界的傳統觀點。我雖然只是一個中學生，卻已經在家中的《歷史研究》上讀到戚文，卻比較贊成羅爾綱，即戚本禹的對立面，覺得被俘的太平天國李秀成的確是在跟曾國藩搞「苦肉計」。然而我怎會知道，這場關於「忠叛」的文字之爭，背後有巨大的政治陰謀，跟姚文元批《海瑞罷官》如出一轍，正是「文革」的兩場前哨戰，所以這一類文字討伐所挑起的，才叫「文化大革命」。

我大概受父親影響，從小喜歡亂翻歷史書，當時莫名其妙地關注這場史學訴訟，一開始著迷的，是《李秀成自述》稿本的神祕性，全文應該五萬餘字，卻只剩二萬七千餘字，曾國藩親自刪改原稿，並撕毀原稿第七十四頁以後的內容，命人抄寫送軍機處，名為《李秀成親供》，原稿則藏於湖南湘鄉老家。明清史大家孟森的北大講稿《清代史》說：「當時隨摺奏報之《李秀成親供》，相傳已為曾國藩刪削，今真本尚在曾氏後人手，未肯問世。或其中有勸國藩勿忘種族之見，乘清之無能為，為漢族謀光復耶？聞親供原稿尚存之說甚確……」一九三六年孟森為北京大學影印曾國藩刻本《李秀成親供》作序，再談這個說法。一九四四年呂集義在湖南湘鄉曾國藩後人家中，見到原稿，拍下十五張照片，而研究太平天國的史學家羅爾綱依據這個藍本，作《忠王李秀成自傳原稿箋證》，繼續沿著孟森的思路，論證李秀成誘勸曾國藩取清廷而代之。我覺得這事也很簡單，曾國藩不把這個俘虜的「自供」上繳朝廷，自然是因為原稿有不可告人之處，覺得對他不利才如此。戚本禹橫空裡殺出來說李秀成「變節」，哪兒跟哪兒嘛，純粹是瞎攪和。

然而學界的爭論，是家常便飯，怎麼會驚動中宣部，連我這個住在沙灘大院裡的小孩子也覺得奇怪——九月份中宣部副部長周揚主持了一個批判戚本禹觀點的會議，史學界的大老、名流如侯外廬、翦伯贊、尹達、吳晗、劉大年等，和宣傳官僚大陣仗出席，擺出一副權威、正統的架勢，周揚說：「這個不全是學術問題，而是帶有政治性的問題，應當提交中央宣傳部討論，開部務會議，還應當請中央考慮。」聽這口氣，就知道這位文藝界總管的厲害，然而連學術界也是由他管著的，是這次才知道的，而且他開會還得到總理周恩來批准，敢情他們也是「政治第一」的，後來文革裡批判「學術權威」，就是他們這號人，所以我多少覺得有點活該。

究竟這個戚本禹是從哪裡冒出來的？原來中南海裡有一個「政治祕書室」，是專門為毛澤東處理文書業務的，成員都是一些老紅軍、老八路，文化程度低，據說胡喬木曾經向毛澤東建議找一些大學教授來，遭到拒絕，因為毛只看重忠誠。一九五〇年「政祕室」從中央勞動大學選了三個畢業生，其中有個從上海來的山東威海人，初中文化程度，名叫戚本禹。毛澤東有個習慣，每天讓祕書摘錄報紙要點，再讀給他聽，這就是戚本禹的工作，同時他還負責管理毛的書籍，有一次他偶然發現毛的閱讀書目中，有那本呂集義編輯的《李秀成自述》，就讀起來，又去讀羅爾綱的《箋證》，心裡很不服氣，覺得這個忠王李秀成明明就是一個叛徒嘛，於是他寫出〈評李秀成自述〉一文投給《歷史研究》。掀起一場軒然大波之後，到第二年春天，忽然江青派人找他，找了三次才把他叫到家裡。戚本禹回憶道：

第三次江青的祕書沈同打電話找到了我。他讓我在我當時辦公的居仁堂的走廊上等他，隨後他就帶我去了江青家裡。見面之後，江背對我說，她從《歷史研究》看到我的文章，覺得好，就把文章連同《北京晚報》的報導，和《光明日報》的內部動態一起送給了主席。主席看了你的文章就叫我和祕書找資料，主席看了很多有關太平天國的書呢。江青拿出一本藍色封皮的線裝書對我說：最重要的是這本。這是臺灣新近出版的《李秀成供狀》，白紙黑字呀。這是上海市委宣傳部張春橋他們從香港進口的，毛主席仔細看了，還在書中夾了條子。毛主席說你弄不到這本書，叫我把這本書送給你，叫你繼續研究，繼續寫文章。她還告訴我，主席說了，別企望用一篇文章改變人家研究了一輩子的觀點。接著江青說：主席終於對李秀成問題表態了，他批了十六個字：「白紙黑字，鐵證如山；忠王不終，不足為訓。」接著她說：這可不是個簡單的表態呀，這是大是大非呀，是一場牽涉面很大的原則鬥爭啊！國內外的修正主義者，都是反馬克思主義的革命叛徒呀！

文中提到的「藍色封皮線裝書」，這事發生在一九六二年，曾國藩曾孫、臺灣東海大學第一任校長曾約農，在臺灣世界書局把《李秀成親供手跡》影印公布於世，每份售價兩百四十元，內容較刻本多九千多字，為三萬三千三百多字，全書沒有結尾。曾約農將原稿捐贈國立故宮博物院，題名為《李秀成親筆供詞》，大陸則稱為《李秀成自述原稿》。這本書居然是上海的張春橋進口來送給毛澤東的，這個細節透露，早在一九六四年「四人幫」裡的張春橋已經很貼近毛了；當然，江青主動找戚本禹，也顯示這個婆娘對文化學術界的咄咄逼人，以及她的盛氣凌人——「背對」著戚本禹傳達毛的旨意。

毛澤東為什麼對「李秀成」忠叛爭辯感興趣？這涉及到一個重大黨內舊案，即所謂「華北六十一人自首叛黨集團」。一九三六年時任中共華北局書記劉少奇，為了抗日戰爭的需要，指示關押在北平軍人反省院的六十一名中共幹部履行「自首」手續保釋出獄，此決定由延安的中共中央總書記張聞天批准，六十一人包括劉瀾濤、薄一波、安子文等。誰知一九六六年康生寫信給毛澤東，重提此案，說劉少奇當年的這個決定是「一個反共的決定」，很明顯他是在給毛出主意，如何發動文革打倒劉少奇。毛澤東恰在此時看到戚本禹的文章，樂得「古為今用」一下，借學界「忠王李秀成」的忠叛之爭，明確向天下釋放一個他要「抓叛徒」的信號。後來文革爆起，以及蔓延全國的「抓叛徒」風潮，冤死無數性命，其端倪皆始於此。那批當年「自首」的人，一個也沒逃脫「叛徒」的歸宿，劉少奇則最慘，帶著「叛徒、內奸、工賊」的帽子被活活整死。

劉少奇死在開封。文革末期我在河南當記者時就聽到過一個陰森的傳聞，一九七〇年歲尾，從開封一家戒備森嚴的舊銀行抬出一具屍體，稱「一個烈性傳染病患者」，運往東郊火葬場火化了。一九八七年拍攝《河殤》之際，我就建議導演夏駿，說假如我們能找到那個舊銀行，在劉少奇罹難處拍幾個鏡頭，這部片子就「無以替代」了，我們也可以真實體驗一下什麼叫專制主義。從後來中國的演變來看，夏駿這次若不抓拍，「劉少奇罹難處」就永遠湮沒了。那是我們這次拍外景中最傳奇的一幕，我在《龍年的悲愴》中有詳細的一筆：

極巧，當我們在開封市政府的會議室裡聽崔市長介紹完開封情況後提出這個要求時，他沉吟片刻，說：

「好吧。少奇同志去世的地方，就在這間會議室的隔壁。」

攝影師曹志明扛起機器、劇務黃敏舉著點鎢燈，我們魚貫走進那座舊銀行的天井。此刻已是深夜。我抬頭看看四周壁立的黑黢黢的高牆，覺得人像站在井底，有一種插翅難逃的感覺。

劉少奇被囚禁的房間，在西房的左手裡。迎門掛著他的遺像。屋內還保存著當年的舊物：一個寫字臺和一張單人床，床上的枕頭據說是他從北京隨身帶來的。就在這張床前，不知為什麼，我沒有竭力去想像當年他躺在這裡是一種何樣的痛苦狀（據說他的白髮有一尺長，嘴和鼻子已經變形，下頷一片淤血），卻想起了延安棗園山坡下他的那間窯洞來。那裡好像也是擺著一個寫字臺和一張床。只是那裡有一股聖潔而崇高的意味，這裡卻彌散著壓抑和恐怖。

這個悲劇，可謂一個壞制度的極致。我後來在解說詞裡寫了這麼一句：「當法律不能保護一個普通公民的時候，它最終也保護不了一個共和國主席。」然而，後來發生的一切證明，劉少奇承受的這場苦難，是徹底枉然了。緣於中共不肯「非毛化」，劉少奇遺孀王光美，二〇〇四年居然親自擺「寬容宴」，跟毛澤東後人「一笑泯恩仇」——為了換取兒子劉源的仕途，她可以借助中國習俗裡最垃圾的「人情」伎倆，去配合中央繼續寵毛的既定方針；幾年後劉源又親自授銜晉升毛的孫子為少將。他們母子做的都不是「私人行為」，而是具有社會示範效應的重大政治舉動。然而歷史的紀錄是白紙黑字——「骨灰寄存證」。骨灰編號：一二三；申請寄存人姓名：劉源；現住址：××××部隊；與亡人關係：父子；死亡人姓名：劉衛黃；年齡：七十一；性別：男；職業：無業；死因：病死。

不過在六〇年代初，戚本禹「一炮當紅」，康生要他去設在釣魚臺的「反修九評」寫作班子，但是《紅旗》副總編輯鄧力群也找他談話，他說不想去《紅旗》，鄧一板面孔：「這個事是給主席打的報告，主席批了，沒得商量了。」原來《紅旗》雜誌總編輯陳伯達搶先向毛澤東提出調戚。

沙灘大院六四年那時，大家都到機關食堂吃飯，各家湊一桌，我記得常看到有一個瘦高的中年男人，總是誰也不搭理，孤伶伶獨自吃飯，偶爾湊到我家這桌來，也是傲慢地朝我爸點個頭，悶聲吃他的。後來聽爸同媽媽私下說，此人即正當紅的戚本禹。

刀筆吏

前文提到，發動文革有兩篇討伐文字，分別出自姚文元和戚本禹，後來人們管他們叫「文痞」，但是在傳統中國社會，這種人另有一稱，叫作「刀筆吏」，而且他們手中確有人命，我在〈上閡．西齋深巷〉寫景山說吳晗時，提到姚文元一篇〈評新編歷史劇《海瑞罷官》〉，將吳晗置於被毆致死、家破人亡之境；那麼戚本禹呢？他也是有人命的。

一九六七年四月四日，中央文革小組成員戚本禹公開宣布：「〈出身論〉是大毒草，它惡意歪曲黨的階級路線，挑動出身不好的青年向黨進攻。」一九六八年一月五日北京市公安局，以「大造反革命輿論」、「思想反動透頂」、「陰謀進行暗殺活動」、「組織反革命小集團」等罪名，逮捕遇羅克。

一九七〇年三月五日，北京工人體育場十萬人集會，宣判二十名「反革命分子」，押來十七男三女，手銬腳鐐、脖子上卡著鐵環，軍代表當場宣布二十人死刑，立即槍決。囚犯中有一個青年叫遇羅克，才二十七歲，槍決前，他的一些器官被活體摘除，留給他人；他的眼角膜死後被移植給一個勞動模範。刑場在舊盧溝橋南幾百米處，永定河的河堤外側。

遇羅克是誰？我在〈中關．景山東街〉中有一節〈「感情說」大將〉中曾提到他：

新婚姻法依法判決的第一大案，便是著名的遇羅錦離婚案，而李勇極正是遇的辯護律師。遇羅錦是中共「血統論」殉道者遇羅克的妹妹。遇氏兄妹是中國的奇人……。

一九六六年文革爆發之初，出現一副著名的對聯「老子英雄兒好漢，老子反動兒混蛋，基本如此。」鮮明地表達了當時中共推行的「階級路線」，也就是歧視「地富反壞右」子女的「血統論」政策。當時正有一個青年，品學兼優，只因父母是右派，三次高考成績優異，卻不被任何大學錄取，此人就是遇羅克，他博覽群書，思想前衛，一九六六年上海《文匯報》就發表過他的一篇文章，辨析姚文元的〈評新編歷史劇《海瑞罷官》〉。這年下半年，遇羅克又寫了一篇著名的〈出身論〉，不僅批駁「血統論」，也以事實揭露當局「有成分論，不唯成分論，重在政治表現」的虛偽性，極其罕見地提倡民主和人權，此文廣為流傳，卻引來殺身之禍。遇羅克在獄中留下一首〈贈友人〉：

攻讀健將手足情，
遺業艱難賴眾英。
清明未必牲壯鬼，
乾坤特重我頭輕。

北島有一首著名的〈宣告——獻給遇羅克〉，其中雋永的幾句：

我只能選擇天空
決不跪在地上，
以顯示劊子手的高大
好阻擋自由的風

人們稱遇羅克為「中國的普羅米修士」，我則寫過這麼幾句：

人們對遇羅克已經說了很多，官方的、民間的、異議的，我不能說得更好，但我依然覺得，對於中國這個在傳統上、文化上欠缺人權、平等意識的民族來說，遇羅克的意義遠未被解讀出來，甚至中國人以其當下擁有的主流意識和話語，還沒有能力來認識遇羅克。遇羅克是「英雄」、「先知」，但他首先是一個「殉道者」，是為了我們大家而獻在祭壇上的「犧牲」。相對於他的思想，我更重視他的「受難」，在那個殘暴時代，有他思想的人也許並不少，但像他那樣去受難的人，寥若晨星，因此除非在終極的、宗教的層次上，我們甚至無法觸碰到他，而他為之受難、獻身的目標，我們至今並未爭取到，甚至情形還更壞了。離開「殉道者」，我們是多麼的不濟。我們愧對遇羅克！

戚本禹的結局呢？文革中有「王關戚」一組人物，竟然都是《紅旗》雜誌的，前二人是王力（並非語言學家王力）、關鋒，皆為「中央文革小組」成員，那關鋒好像還是一個莊子專家呢，文革中當了總政治部主任。三人均跛扈了幾年，卻莫名其妙地在一九六七年七月二十日的所謂武漢「七二〇」事件後，被毛澤東一勺燴了，其中戚本禹直接被送進秦城監獄，直到十三年後，即一九八〇年七月十四日北京市公安局才正式逮捕戚本禹，一九八三年十一月二日北京市中級人民法院以反革命宣傳煽動罪、誣告陷害罪、聚眾打砸搶罪判處他有期徒刑十八年，剝奪政治權利四年。他在一九八六年出獄。

二〇一四年遇羅錦在網上發文：〈戚本禹應向遇羅克道歉〉。可是此人還在上海接受採訪，說毛澤東如何有「學術民主」，他是一個超級「毛粉」，從來就沒有羞恥心，怎會有「道歉」的概念？

戚本禹在香港出版了《回憶錄》之後，原中共中央辦公廳祕書室幾位同他共過事的「老同志」，對這本書進行了座談，他們是：逄先知、呂澄、沈棟年、王象乾，後來有一篇〈揭穿「戚本禹回憶錄」中的謊言〉，刊登在《炎黃春秋》網站，其中談的第一點就是「戚本禹是什麼人？」：

> 我們同戚本禹都相處十多年，對他不是一般的了解。他很用功，愛鑽研問題，有能力，能說會道。但毛病實在不少：極端個人主義，不擇手段地盡力

向上爬，總想出人頭地，嫉妒心十分強，整起人來下手很狠，還愛拉幫結夥。他的這些毛病，在「文革」中惡性膨脹，發展到登峰造極的地步，成為北京市紅衛兵「五大領袖」之上的「戚大帥」，幹了許多天怒人怨的壞事。毛主席說：「王、關、戚要打倒總理、老帥」，「不是好人」。周總理說：「戚本禹是到處伸手的野心家。」陳毅說：「不抓戚本禹，黨心不服，軍心不服，人心不服。」一九八三年十一月，北京市中級人民法院以反革命宣傳煽動罪、誣告陷害罪、打砸搶罪，判處戚本禹有期徒刑十八年。戚本禹犯罪事實，人所共知，件件落實。以其自以為是的膨脹個性和根深蒂固的頑固立場，他對自己的罪行不思悔改，對給他帶來「人生輝煌」的「文化大革命」無限留戀，也是不難理解的。

我至今不懂，老毛這梟雄，怎會讓一班「秀才」去奪軍權？順便再講一個小故事。文革後期某日，我陪父親在沙灘街上閒逛，路遇一人，父親握住那人手大驚道：「你還活著？」原來此人也是《紅旗》的一個組長，好像姓朱，文革中隨關鋒進中央文革，竟也穿了一身軍裝，去主管最神祕的中央檔案局，他手裡攥的拿串鑰匙，可以叫林彪、周恩來都膽戰心驚。後來的情形，他同父親聊起來，我就站在一旁聽：

「……後來把我關進秦城去了，我知道活不成了。」朱說。

「那你怎麼辦？」

「那牢房四壁空空，沒有自殺的任何可能，我就絕食。」

「怎麼樣呢……」父親追著問。

「餓到快死，就會有幾個穿白大褂的進來，用一種器械，硬是撬開我的嘴，灌一通流質，叫你死不成……。」

瘋姥姥

晴天霹靂，毛澤東冷不丁甩出《我的一張大字報》，掀起文化大革命。一九一九年那個著名的「五四廣場」，到一九六六年文革之初，又是北京城裡大字報最「豐盛」的地方，鎮日觀覽人潮洶湧。大串聯來北京的全國學生幾百萬，都知道非去沙灘中宣部和團中央看大字報不可，團中央那邊胡耀邦每天被人像隻小雞似的拎出來示眾。

大概從八月底，中宣部的大字報對外開放，在大院內用蘆席搭起了一排排貼大字報的場所，不久這些蘆席上就貼滿了大字報，大院成了大字報的海洋。每天門庭若市，全國各地群眾紛至沓來，據統計，一個月內來看大字報的，高達一百多萬人次，每天都有兩三萬人，許多人還邊看邊摘抄；還有來貼大字報的。有關陸定一、周揚的大字報，看的人最多，從早到晚擠滿了人，有時觀眾聚了好幾層，站在前面的人會主動為大家宣讀。

在孑民堂舉辦了「黑幫三反罪行」展覽會，展出從「閻王」、「判官」（處長）家裡抄來的布匹、綢緞、金戒指、項鍊、幾塊銀元等。還有陸定一家鄉紅衛兵抄來的殘缺不全的「家譜」、祖宗的畫像等。

中宣部的造反派，又從外面學來揪鬥「黑幫」示眾的做法，在辦公樓前高呼「閻王、判官滾出來」，「黑幫」們一個個出來，向群眾低頭認罪。有的群眾沒有見到陸定一、周揚，要衝進大樓，急得「文革」辦公室主任扯著嗓門大喊：「周揚得了癌症快死了，他不在北京」，這才解圍。

紅樓背後，人山人海。毛澤東稱中宣部是「閻王殿」，那些大字報都是關於中宣部長陸定一等「閻王」如何反對「毛主席」的，卻也有許多隱私祕聞，更吸引老百姓，有的簡直「驚詫駭人」到不可思議程度，可以說若非文革，是絕對不會從宮闈中洩露至民間，其中最離譜的，是大字報揭出一樁奇事，說嚴慰冰自一九六〇年三月至一九六六年一月六年間，共投寄五十多封匿名信，寄給林彪及其家人，信中以罕有的挑撥詞語，辱罵「副統帥」林彪。誰是嚴慰冰？中宣部長陸定一的夫人，我想整個沙灘大院的小孩們都傻了，大家可能只有一個念頭：咱們院兒出了一個瘋姥姥。

據說嚴慰冰最早的一封匿名信，投寄於一九六〇年三月，寄給當時正在清華讀書的林豆豆，信中說「咱倆是同學，誰也知道誰」、「你沒發現你和劉家的平平長得特別像嗎？」——這裡的「劉家」是指劉少奇，暗示豆豆不是葉群親生的，或指林豆豆不是林彪親生。林豆豆未敢告之父母，將信悄悄交予林辦祕書處置。

這樁「紅牆祕聞」真比「清宮祕史」毫不遜色，不過在半個世紀後的今天，早已是尋常巷陌中的舊談資了，你從網路上可以找到許多資料，中共也不封殺它。我這裡只交代一下祕聞要點及後續：

一、傳說在中央政治局擴大會上，林彪要求澄清嚴慰冰匿名信的內容，拿出一個材料證明：第一，葉群和他結婚時是處女，婚後一貫正派。第二，葉群從未與王實味、陸定一戀愛過。第三，老虎、豆豆（指林立果、林立衡）是他與葉群親生的子女。第四，嚴慰冰的反革命信所談的一切全係造謠。

二、嚴慰冰寄匿名信署名是「王光」或「黃玫」，發信地址是「按院胡同」。「王光」、「黃玫」顯然是指劉少奇的夫人王光美，而按院胡同則是王光美母親辦的潔如托兒所的地址。

三、一九六六年二月，公安部會同中宣部通過信件上的郵戳，分析了匿名信投寄的地點分布、時間密度及到達這些投寄點的路徑，縮小嫌疑人的範圍，最終查到了嚴慰冰頭上。當時毛澤東不在北京，在京主持工作的常委劉少奇、周恩來、朱德、鄧小平進行了研究，相信陸定一與此無關，要彭真通知他迴避，陸定一便到外面去考察。

四、據《陸定一傳》記載，陸定一一九五二年底從蘇聯回到北京後，嚴慰冰就經常跟他吵架，說明她精神有毛病。顯然，這是陸定一保護嚴慰冰並區隔自己的權宜之計；從一九六一年到一九六六年，陸定一還為嚴慰冰組織過六次精神科專家會診，均確診她患有偏執、多疑症。

五、但是陸定一的兒子陸德發表在《炎黃春秋》雜誌上的回憶中說：「母親早就對林彪和葉群有看法，又有著嫉惡如仇的性格，寫封匿名信發洩自己的憤恨，就算方法欠妥，畢竟代表著一種義憤。直到今天來說，比起那些以維護黨的團結、維護領袖威信的名義，忍辱含羞而不辯是非曲直的人，她的做法要積極的多。再說匿名信講的只是生活問題，無論如何也牽扯不到別的什麼。但是她的信把林彪、葉群惹得火大了。林彪在她的專案材料上批示：『我要把嚴慰冰殺十次！』甚至批示：『立即槍斃！』是毛主席批了『刀下留人』。」由此可見，在文革前敢於攻擊「副統帥」林彪者，鳳毛麟角，嚴慰冰是其中一個。

六、嚴慰冰在延安由陳雲介紹給陸定一，是他的第二任夫人。對於她的出身，一說江蘇無錫名門望族，曾以第一名優異成績考取國立中央大學中國文學系，能詩擅詞，被譽為才女；但是陸德說：「外祖父嚴朴是一九二五年的老黨員，一九二九年無錫農民起義領袖。一九四九年在北京去世，被追認為烈士。安葬時，毛澤東、朱德、周恩來、劉少奇等人送了花圈」，顯然後一種更可信。劉少奇稱「抗戰時期，嚴朴的老婆帶了女兒到延安找嚴朴，嚴朴不見他們。」

七、陳雲八十壽誕時，嚴慰冰前去祝賀，陳雲親筆書寫條幅：「橫眉冷對千夫指，俯首甘為孺子牛。」贈給嚴慰冰，用意甚明。

八、陸定一和嚴慰冰被囚禁近十三年，直到一九七八年十二月才雙雙無罪釋放。一身是病的嚴慰冰於一九八六年辭世，終年不足七十歲。陸定一一九九六年五月九日在北京逝世，終年九十歲。

九、文革後王光美就嚴慰冰匿名信事件說：「我原來一點也不知道。葉群固然很壞，但我覺得嚴慰冰同志採取這種方式實在不好，有問題可以向組織上反映嘛！而且，她反對葉群可又要把這事往別人頭上栽，這不是挑撥嗎？」

「閻王殿」

共產黨搞革命，一靠槍桿子，二靠筆桿子。陸定一是筆桿子，住在中南海，他的兒子陸德說：

黨政軍有三個部門在中南海裡面辦公：中央軍委、中央宣傳部、國務院。中央軍委和中宣部在乙區，國務院在丙區。在辦公地點和出入方面，國務院比中央軍委和中宣部低一級。我家前院原來住的是彭德懷，五九年上廬山開會的時候，我爸爸跟彭老總坐一列車，火車上彭老總跟我爸爸談了他對大躍進的想法，我爸爸還給他提供了一些材料。廬山會議上彭老總給毛主席寫了信，當時有人也批評我老爸右傾，是主席說了話：「秀才還是我們的秀才嘛。」這才沒整我老爸。彭德懷出問題以後，軍委搬出中南海。中南海裡面就剩下兩個部門，一個是國務院，一個是中宣部。

一九五七年初，中宣部機關從中南海的慶雲堂等處搬出，遷進沙灘大院新落成的辦公大樓，就在「五四」紅樓的正北面；接著遷進來的，是《紅旗》雜誌和中央政治研究室。但是陸定一仍然住在中南海的增福堂。

陸定一，江蘇無錫人，在上海南洋大學讀書時加入共產黨，長期在共青團中央擔任宣傳部長，曾赴莫斯科擔任中國青年團駐少共國際代表。後來回國參加長征、抗日戰爭，曾主編《新華日報》、《解放日報》，一九四五年起擔任中央宣傳部部長，共在此任上二十二年。期間，陸定一在對待知識分子的政策上，前後矛盾，他積極制定了「百花齊放，百家爭鳴」方針，卻又強調「沒有什麼勞動人民的知識分子，只有無產階級的知識分子和資產階級的知識分子」，反駁一九六二年陳毅在廣州宣布「給知識分子行『脫帽加冕』之禮」，雖然後者可能只是「虛晃一槍」而已，但是這個事件顯示了陸定一的教條和迂腐，接下來他就跌進了文革深淵。

一九六五年十一月十日上海《文匯報》刊登姚文元文章〈評新編歷史劇《海瑞罷官》〉，一向被認為是文化大革命的序幕。此文由毛澤東授意，江青私下組織。彭真、陸定一抵制轉載此文，毛在上海還曾下令印刷小冊子，由新華書店系統發行；而《人民日報》遲至十一月三十日才在「學術研究」版內轉載此文，兩端激烈爭奪，這是文革的第一場較量，即所謂「輿論指揮」權的爭奪，劉少奇一派便以損失「彭羅陸楊」四員大將而敗下陣來。自一九六二年「七千人大會」後到一九六五年這段期間，毛有部署地展開對文藝、學術的批判，如對戲劇《李慧良》、《謝瑤環》、電影《北國江南》、《早春二月》以及史學界批李秀成自述、哲學界批楊獻珍、經濟學界批孫冶方等，此乃所謂「文化大革命」叫法的由來，因為毛覺得「大權旁落」，要靠自己的一幫祕書來發動反擊。

一九六六年三月，毛澤東在上海批評中宣部：為什麼吳晗寫了那麼多反動文章，中宣部都不打招呼，而發表姚文元的文章卻偏偏要跟中宣部打招呼呢？中宣部是閻王殿，要打倒閻王，解放小鬼！中宣部包庇壞人，壓制左派，不准革命，如果再包庇壞人，中宣部要解散，我歷來主張，凡中央機關作壞事，我就號召地方造反，向中央進攻。各地要多出些孫悟空，大鬧天宮。打倒閻王，解放小鬼！

接下來林彪其勢洶洶，發表著名的「五一八」講話，大講政變：

最近有很多鬼事，鬼現象，要引起注意。可能發生反革命政變，要殺人，要篡奪政權。要搞資本主義復辟，要把社會主義這一套搞掉……有一批王八蛋，他們想冒險，他們伺機而動，我們就是要鎮壓他們！他們是假革命，他們是假馬克思主義，他們是假毛澤東思想，他們是背叛分子，他們是野心家，他們陽奉陰違。他們現在就想殺人，用種種手法殺人。陸定一就是一個，陸定一的老婆就是一個，他說他不知道他老婆的事！怎麼能不知道！羅瑞卿就是一個。彭真手段比他們更隱蔽更狡猾……羅瑞卿是掌軍權的，彭真在書記處抓了很多權……文化戰線、思想戰線的指揮官是陸定一。

八月底紅衛兵揪鬥陸定一，戴高帽、掛黑牌、罰跪、站椅、用皮鞭抽打等。這年九月三十日直至一九六八年五月三十一日，陸定一先後被隔離於北京公主墳「別墅」和西四七條監所。專案組以「叛徒、內奸」的重大嫌疑，和合謀與嚴慰冰搞匿名信兩大罪名，先後對陸定一進行了刑訊逼供的三輪審訊。康生、陳伯達、謝富治、吳法憲等，均對審訊做過具體指示。陸定一年老體弱，禁不起連續突擊的車輪戰、疲勞戰和各種酷刑的摧殘，精神恍惚，交代之後又翻供，又以絕食抗議，並寫下了遺囑。一九七五年十一月十二日，中央政治局討論陸定一問題，定了三條罪狀：一、階級異己分子；二、反黨分子；三、內奸嫌疑，決定將陸永遠開除黨籍，釋放出獄，離京回原籍，每月發二百元生活費養起來。決議經毛澤東批准，作為中共中央一九七五年第二十五號文件，下發全國。陸拒絕在決議上簽字，所以直到一九七八年底他才被釋放。期間，他的夫人嚴慰冰也被關十三年，兒子陸德被關六年，親友受株連多人，他的弟弟、岳母等死於非命。嚴慰冰活了下來，逢人就說：「定一在裡面被吊起來打。」

一九六六年五月底至六月初，已被中央點名的「閻王」是：陸定一、周揚、許立群、姚溱等正副部長，中宣部造反派還要打「活閻王」、「活老虎」（指當時中央尚未點名的副部長）；打擊面也越來越寬，除了「閻王」，又出現「判官」、「牛頭馬面」、「大閻王」、「二閻王」、「死閻王」、「活閻王」、「死而不僵的閻王」；「閻王殿」的「親信」，「黑筆桿子」、「黑爪牙」等等；有人還提出十七級以上的幹部都要炮轟。

中宣部辦公大樓門口兩側的柱子上貼上了一副對聯，上聯是「廟小妖風大」，下聯是「池淺王八多」，橫批：「打倒閻王殿」。沙灘大院——北京沙灘北街甲二號，成了京城一大鬧市，造反的、串連的、看熱鬧的，人山人海；大字報鋪天蓋地；部長陸定一、副部長周揚已被監禁；副部長許立群、林默涵，祕書長童大林，每日數次被揪出來批鬥，叫做「黑幫示眾」；中宣部的正、副處長、業務骨幹被打成「閻王殿」的「判官」、「親信」、「黑筆桿子」，進入了「黑幫」隊伍，剃了光頭，監督勞動，還強迫他們唱「我是牛鬼蛇神」的「嚎歌」；大大小小的批鬥會開了幾十次。在這個時期有四人自殺：副部長姚溱、宣傳處處長王宗一、國際宣傳處幹事劉克林、張際春副部長的夫人羅屏等……。

寫到這裡，我想起來，文革後父親回憶當年沙灘大院的恐怖，提到一事，一九六六年五六月間，當時他還沒出事，白天照舊去《紅旗》雜誌社辦公，就是「五四」紅樓後面的那棟中宣部大樓裡，在辦公室裡，忽然他聽到窗外「砰」的一聲，很沉重的墜地響聲，朝外一看，有人跳樓，恰好是從他的上一層辦公室裡跳下去，是中宣部的人，很快知道原來是國際宣傳處的劉克林，爸說劉是一個胖子，觸底很重，他當時隨同副部長姚溱，在康生領導的《九評》寫作班子裡，運動一來就被康生拋棄，誣為「坐探」、「高級特務」，他們兩人皆自殺。很巧的是，後來我竟遇到劉克林的兒子——我在〈上闋．西齋深巷〉中有一節〈紅學家〉中提到：「後來在網路上讀到一篇文字〈想起吳恩裕先生〉，作者劉自立，不僅跟我同在沙灘大院住過，此文他說『上個世紀七〇年代初葉，因為父親問題，我們闔家被驅趕出北京沙灘中宣部大院，移居西齋斗室』，自然跟吳家做了鄰居……」劉自立就是劉克林的兒子，理論功底甚好，喜歡寫大塊文章，頗有乃父之風。

文化大革命中，中宣部因為被毛澤東定為「閻王殿」，被迫害致死八人；坐牢的九人。被誣陷為「叛徒」、「特務」等十七人，其中正副部長十人。中宣部的正、副部長、祕書長除陳伯達一人外，均被誣為「閻王」，一律打倒；正、副處長被誣陷為「判官」、「牛鬼蛇神」被打倒。一般幹部被打成了「黑幫」、「黑爪牙」、「三反分子」、「假黨員」、「現行反革命」、「老胡風分子」、「殺人犯」、「五一六」分子等等，不計其數。中宣部下屬單位、有關部門及省、市、地縣各級宣傳部被打成「小閻王殿」、「閻王殿分殿」等等，無法計數。陸定一、周揚墜入地獄，九死一生，自不必說，周揚的夫人，也被掛上「周揚的黑老婆」的大牌子，罰跪在大卡車上，拉出去遊鬥，而後蹲「牛棚」數年。副部長許立群被揪鬥最早，關押八年半，患精神分裂症後死去。副部長姚溱自殺後，其夫人也被打成叛徒、特務，坐牢多年，失明殘廢，兩個未成年的孩子無家可歸。副部長張子意、張際春、張磐石、林默涵，祕書長童大林等，均被關押、監禁，或死或家破人亡。中宣部所有人，先被「軍事管制」，分班、排、連集中食宿，後被「掃地出門」，發配到西北賀蘭山下，勞動改造四年，人員最後分配散盡，中宣部徹底消亡。

電影處長

沙灘大院這麼個「閻王殿」，裡面幾乎都是「牛鬼蛇神」，運動中互相揭發貼大字報，卻也出現很特別的一張，題名〈閻王殿將校以上排隊〉，作者是自稱「牛頭馬面」的幹部處副處長郝一民，給部長和處長們排了個隊，大閻王、二閻王之後，是「閻王殿參謀長」，然後依次是：一、牛頭馬面和判官；二、忠實的奴才，或賣貴的後代；三、馴服的工具（有的挨過棍棒，有的思想共鳴）；四、明馴暗不滿的準備逃跑懦夫；五、叛逆的英雄（極個別或者還沒發現）……。

沙灘大院鬧得人仰馬翻之際，大家都沒想起來一個人，她也曾是這裡的一個處長，這會兒哪裡去了？

原來，六六年文革當下號稱「旗手」、手握生殺予奪大權的江青，曾經也是中宣部的一個處長。據時任理論宣傳處副處長的于光遠文革後回憶，當時的中宣部副部長胡喬木，建議江青做中宣部電影處的正處長，書面報告毛澤東，毛在一九五一年十一月十六日答覆：「此件很好，可照此實行。」同時也提出「江青是否適宜做處長值得再考慮一下。」此處毛的意思，可能是說江青資歷級別都較低，不夠當中宣部的處長——中共的體制很怪，國務院部委的建制是部、司（局）、處、科各級，而黨務系統即中央直屬部委，沒有司局級，部長以下就是處長。

所以胡喬木建議讓江青擔任電影處的正處長，顯然屬溜鬚拍馬之舉，他自然不理毛的「謙讓」照做。不過于光遠說，那個中宣部電影處也沒有副處長，只有兩個幹事，一個是鍾惦棐（就是鍾阿城的父親，著名電影評論家）；另一個名叫安琳，還有一個辦事人員沈美理。江青很少來沙灘大院，她只布置給電影處的人看各種電影，布置完了她也不問，她自己則在家裡看這些電影。

恰在此時，毛澤東跟江青在家裡看了電影《武訓傳》，還連看兩遍，並立即讓胡喬木組織批判文章，後猶覺不足，竟親自撰寫了《人民日報》社論，引導一場「武訓大批判」，令該片成為新中國的第一部「禁片」。當時中宣部電影處的工作，就是抓這件事情。毛批武訓，主要是想肅清陶行知的「教育救國」理念。于光遠回憶，江青還以李進的名字去山東進行「《武訓傳》問題調查」，陪她去的是袁水拍，《人民日報》文藝部負責人，江青後來還在家裡請袁水拍一家人吃飯——這個細節，是文革中袁水拍告訴于光遠的，他們倆當時同在中宣部的牛棚裡頭。

于光遠可算是中宣部眾處長中的倖存者，八〇年代成為中國社會科學院的實際負責人。他說在延安就認識江青，一九四二年在去陝北綏德途中，他跟江青同行，走了一天半，居然兩人沒說一句話。他的回憶文字中，最有意思的，是關於江青原始姓名的鉤沉：

> 江青說，她的父親李德文在山東諸城城關開了個木匠鋪，生意不錯。娶了兩房妻子，自己是庶出。她原來的名字叫「李進孩」。上小學時校董薛煥覺得這個名字不雅，看她長得又高又瘦、雙腿細長，就替她取了「雲鶴」這個名字。

于光遠說，一九六一年他看到毛澤東那首〈為李進同志題所攝廬山仙人洞照〉的七絕，原以為「李進」是江青自己起的化名，後來才知道那是從「李進孩」簡化而來的。他還指出，林彪和江青在文革中是合作的，而且他們兩個人都講究儀式，林彪發明手持小紅書、口喊「敬祝毛主席萬壽無疆！」要求群眾回應「敬祝林副主席永遠健康！」江青的儀式則是她呼喚「同志們好」，要求群眾回應「向江青同志致敬！向江青同志學習！」

一九三七年江青到延安的第二年，也就是一九三八年十一月，她同毛澤東結婚了。結婚的時候擺了兩桌酒菜，新郎毛澤東沒有出面，只有新娘江青向到場的人表示謝意。八〇年代的科學院副院長李昌，當年在延安出席那個酒席，他後來同于光遠談起這件事情。

劫餘

陸定一和周揚，九死一生，痛定思痛。陸定一最早反思建國以後的政策，說了兩句話，第一句是五九年廬山會議「彭德懷意見是正確的」，第二句是廬山會議之後「越搞越左」。兩年後中共通過《關於建國以來黨的若干歷史問題的決議》，並為彭德懷平反。一九八六年陸定一還對龔育之說，「資產階級自由化」的提法是有毛病的，我們不應該把民主、自由歸到資產階級那裡加以反對。這可以說是陸定一反思達到的最高點。

有人觀察，周揚、陸定一的心態，是將文革中所受的苦難，當作文革前自己給別人製造苦難的應得懲罰，於是默默承受，於心稍安。然而，從文革後的歷史來看，中國的知識分子，其中的大部分，不僅沒有反省毛澤東專制施加於他們的苦難，而且繼續為文革之後從鄧小平開始的、一個「國家至上」的腐敗政權做輿論工具，尤其是一批極左分子，如魏巍之流，都號稱是馬克思主義信徒，卻對晚近三十年中國的貧富崩裂之大不公平，不置一辭，熟視無睹，還推波助瀾，不免也是那個「低人權、低福利、無工會、高消耗」發展模式的罪人；另則，這些文人以極左理論為極右的政治服務、以仇外心智為從西方引進資本、文化作粉飾、以編狹愚昧的國家主義餵養毫無個人權利意識的民眾，凡此種種，皆營造著某種人格分裂的精神氛圍，而彌散於中國近三十年。

相比之下，當年被毛澤東打成「閻王」的陸定一、周揚，真是「文革」前後判若兩人。

曾任《人民日報》總編輯的秦川講過一件事。五八年的「胡風反革命集團」中，周揚把馮雪峰打成右派，一九七五年周揚從秦城監獄出來，秦川去看他，他從外邊匆匆回來，說是到馮雪峰家去了，情緒很激動，說他還要去一趟：「雪峰病得很重，生活有困難，我給他送點錢去。」他從夫人蘇靈揚手裡拿了三百元，又匆匆走了。

周揚在許多場合，向過去被他整過的人道歉，有的人還揶揄他：「許多事情是中央決定的，你憑什麼賠禮道歉？」他也不辯解，只是說：「在秦城監獄中，我想了許多許多……。」

八〇年代，周揚有三次重大影響的講話。第一次是關於「真理標準討論」，周揚比別人看得深刻，他說：「這個問題不單單是個哲學問題，而且是個思想政治問題。這個問題的討論，關係到我們的思想路線、政治路線，也關係到我們黨和國家的前途。」

第二次是一九七九年五月，在紀念五四運動六十周年學術討論會上的主題報告〈三次偉大的思想解放運動〉。他所說的三次偉大的思想解放運動是：五四運動，延安整風，真理標準討論。第三次是一九八三年三月，在紀念馬克思逝世一百周年學術討論會上的講話，提出人道主義和異化問題。

到了十月，鄧小平在中共十二屆二中全會上講話，說「人道主義和異化論，是目前思想界比較突出的問題」、「這是最大的『精神污染』」。

在高壓之下，周揚拒絕檢討。一九八九年七月三十一日，在臥床五年之後，周揚默默地離開了人間。

周揚住院期間，陸定一去看他。蘇靈揚笑著說：「大閻王看二閻王來了。」陸定一說：「周揚是被氣死的。」

陸定一比周揚多活了七年，一九九六年九十歲去世，墓碑刻上他的臨終遺言：「要讓孩子上學，要讓人民說話。」

老夫子

話說那廂中宣部的陸定一遭殃，這廂《紅旗》雜誌的陳伯達卻如日中天，同在沙灘大院裡，卻金石糞土。一九六六年林彪有一個「五一八」講話，陸定一就倒了，而五月廿八日「中央文化革命小組」成立，陳伯達為組長，康生為顧問，江青、張春橋等為副組長。江青還在陳伯達的手下，一口一個「老夫子」的叫他。

因此在沙灘大院，不會有陳伯達的大字報，不僅他的「隱私」絕無外泄，還照舊偷雞摸狗。住在「紅後樓」的一個《紅旗》女職工，我們管她叫阿姨，是陳的祕書，伺候他極精心，一日見陳伯達辦公室深夜還亮著燈，便做了碗麵送去，又怕驚動「首長」，未敲門而入，不幸撞見「首長」的幽會，那阿姨嚇得失手摔了那一碗麵，尖叫逃走。可是，她轉眼就成了「反革命」，日後死去活來，待六七年後我再見到她時，已成一白髮呆滯的老嫗。然而，那深夜與陳伯達幽會的另一女職工，卻飛黃騰達起來，年年陪陳上天安門城樓，同毛澤東一道「檢閱」歡騰跳躍的紅衛兵，或者是鋼甲鐵戟的解放軍，也進大會堂裡去開了「九大」、「十大」。自然，此人也不免與陳伯達一損俱損，逃不過成為另一個「反革命」，另一個呆滯的老嫗。

對於陳伯達，大院小孩們所知不多，只知道他是福建人，講了一口閩南話，沒人聽得懂，作報告、發指示，都要有人翻譯。陳伯達是「大秀才」，還有如康生、胡喬木、胡繩、吳冷西等，他們在知識水準上，並不比毛澤東高明，畏其如君是很自然的，他們本身也是沒有什麼思想和見解的，基本上只是一個文字匠，這樣的人處於高位，在一個嗜血成性的暴力集團中唯有形同寒蟬，戰戰兢兢，到了權力傾軋的關頭，也是轉瞬就成粉齏的，所以他們的心理恐懼是日日夜夜的，巨大的緊張，唯有靠陰謀釋放，康生陳伯達胡喬木皆如此。

中共的「秀才」幫，大致是抗戰時代去「延安聖地」的大學生，為中共聚集了大量人才，這也是日後這個流寇型的暴力集團能夠成功執政的關鍵。青年學生進入「黨的體制」，而黨內已有森嚴的等級階層、意識形態、禁忌規章，要循規蹈矩才能生存、上升，所以出人頭地的標準不是才能而是政治技巧了；所謂能力，也是文字獄刀筆吏的能力、大批判的能力。文革初期，更有一些訟棍、文字密探式的人物，有的一時得勢，如姚文元、戚本禹；有的得勢又失寵，如閻長貴、林傑、阮銘等。

因陳伯達的權勢熏天，《紅旗》雜誌一度成為文字獄總部，派出大批「文化警察」赴各地，猶如欽差大臣，清華附中之張承志首倡「紅衛兵」即由他們發現，而遇羅克亦被他們誘出捕殺。甚至，文人陳伯達借文革之機，跟共產黨裡跋扈的將帥們較量，乘毛澤東、林彪整肅各元帥大將之際，暗示鬬鋒鼓動「奪軍權」，黨內「筆桿子」與「槍桿子」的摩擦、傾軋實乃一大政爭，可見「秀才」在中共內部的實力，並不遜於那些將帥，尤其「和平建設」時期，軍人即無戰功可立，反有覬覦御座之嫌，所以「文化大革命」一來，元帥大將們個個落難，而秀才文人當道，陳伯達飛揚跋扈。

陳伯達這個「第一刀筆吏」，最終也毀於「筆墨之禍」，很搞笑。一九八〇年最高人民法院特別法庭審判林彪、江青反革命集團時，指控陳伯達的反革命煽動罪的主要罪狀，是一篇社論及其標題：〈横掃一切牛鬼蛇神〉。

一九六六年五月三十一日，陳伯達率領工作組進駐人民日報社，工作組成員是鄧小平讓解放軍總政治部和解放軍報社挑選來的，陳伯達說「部隊的幾位同志我都不熟悉」；《紅旗》雜誌也派了兩個人。這天上午，陳伯達康生還在釣魚臺八號樓召見工作組成員，講了談寫社論的事情，陳伯達主要講了正在興起的文化大革命，說這場革命是要從意識形態領域裡打垮資產階級的進攻，把資產階級奪去的輿論陣地奪回來。要徹底批判資產階級反動學術權威，要發動廣大群眾參加這場文化大革命等等。並說明天六月一日，要發表一篇旗幟鮮明的社論，就按他剛才講的內容來寫。這篇社論就是〈橫掃一切牛鬼蛇神〉。

陳伯達的兒子陳曉農回憶，他曾問父親：「你為什麼在法庭上對事情不做解釋，只是說社論是你口說的，還說『可以判死刑』呢？」陳伯達答道：「社論不是我寫的，但經過我審改，我不能牽連別人，自己一人承當就是了。既然定為反革命煽動罪，那還不是想判死刑。罪名都定好了，還說什麼呢？所以我說『可以判死刑』。」

林彪出事後，陳伯達成了「林陳反黨集團」的第二號人物，被判有期徒刑十八年，一九八一年十一月被保外就醫，一九八八年九月刑滿釋放，實際被囚禁十年。一九八九年九月二十日因病去世，時年八十五歲。

筆墨之禍

說到《紅旗》雜誌了，我就接著說說父親在其中的災禍。

這本書開篇就寫道：十一歲那年父親從省報，被調到《紅旗》雜誌社當編輯，於是全家順京滬線去了北京，住進沙灘景山東街西頭的這個「西齋」……爸爸進了沙灘大院，便一輩子吃「筆墨官司」，原在杭州做報館，我覺得他還自在，夜班時常常帶我在眾安橋一帶吃消夜，他自己的唯一樂趣，就是有許多舊書攤可逛。進了京師光景大變，他在「五四」紅樓背後的那棟大樓裡，跟中共的那班「章京」、「行走」們（即祕書幫）挨得很近，日日隨他們舞文弄墨，惹出無數是非，文革中自然也構陷在裡面死去活來。

待我漸漸懂得一點文墨的竅門，才知道爸爸的確寫得一手好文章，卻一生「替他人作嫁衣裳」，很少留下自己的筆墨。他的文采大都只能揮灑在給我們姊弟以及友人的書信裡，文革中唯一讓我讀著舒心的文字，只有爸爸每次的來信，那不僅在教我如何做人，也在教我如何作文，只是我永遠學不來他行文的那種不緊不慢。

為文如我父者，該是一種極大的痛苦。他永遠不能說自己想說的話（久了似乎不會說了，所謂「失語」），可他必須捍衛文字的邏輯和通順，常常為了一兩句措辭的修飾，跟那班通天極有權勢且自負的「大祕書」們，吵得不可開交，也免不了出他們的洋相，頗遭記恨。然而，他又總能因文字和邏輯的通順而獲得平衡，那些荒謬理論不管他的事，他也無能為力，只是心裡很鄙視大祕書們。他也很自負。

晚年，他曾對我言不由衷的說，他先後伺候過多位「大秀才」，如陳伯達、胡喬木、胡繩、鄧力群等等，終於都不歡而散；同行中也頗多宦海沉浮、大紅大紫又頭破血流、人間不齒之輩；晚輩中激流勇退的極少，大多善於鑽營之徒，於今權力中樞還有幾位，已是當年陳伯達、胡喬木的角色。他只覺得自己身首尚全，捱到一個淡泊的晚年，已屬幸運了。

他最險的一次筆墨之禍，在文革之初。當時陳伯達權勢熏天，已是「中央文革小組」組長；關鋒也爬到解放軍總政治部主任，穿著一身軍裝。爸爸一直管《紅旗》的評論，那個時期所有禍國殃民的「社論」最後都由他修訂發稿，一九六七年夏天突然栽進「反軍」社論的大禍中。

那年七月二十日，在武漢發生「七二〇」事件，即中央文革小組成員王力，陪同毛澤東、周恩來，親臨武漢，住在東湖賓館，卻遭遇了湖北軍區獨立師和保守派「百萬雄師」的衝擊，驚嚇了毛澤東，事後自然追責王任重、陳再道，毛還簽發了中央的一封信，信中已經使用了「軍內一小撮」的說法。隨即當月的《紅旗》雜誌第十二期，發表社論〈無產階級必須牢牢掌握槍桿子〉，文內就有「要把軍內一小撮走資本主義道路當權派揭露出來」等字句，這是關鋒送來的稿子，已是第十三稿，父親自然也發了。

誰知毛澤東忽然變了脾氣，追究這篇社論的責任，陳伯達竟拿爸爸是問。爸爸言之鑿鑿對專案組說，陳伯達看過這稿我才發的，第十二稿上有他的筆跡，文稿中用了「銀樣鑞槍頭」，是《紅樓夢》裡的一典，「鑞」字寫成「虫」旁，但《紅樓夢》裡的「鑞」字是「金」旁，陳伯達改了這個字，這是證據，他讓專案組去查原稿。（看來陳還是胸有點墨，爸爸事後對我回憶時，還笑著說。）

但爸爸還是被抓起來。他沒想到，陳伯達竟說：你歷史不清楚，要審查。什麼歷史？匪夷所思的是，那與臺灣有關。一九四六年，武漢大學好像鬧了一場學潮，軍警衝進校園打死了學生（蠻像半個世紀後的「六四」），當局通緝七個學潮的主事者，名單上有政治系一個讀了多年不畢業的學生，叫蘇長青，他逃走了，輾轉廣東、香港，最後到了臺灣。媽媽也在武大讀中文系，一年多捱到畢業，她出川直奔上海，買了張船票去臺灣找爸爸……他們先後在台東、新竹等地，以教書做掩護，未幾還是回到大陸來，可是爸爸向「組織」再也說不清他在臺灣的經歷了，因為他的熟人都沒活下來。

九〇年代初，我從歐美數度訪台，每一次都暗暗揣著一個荒誕：這邊沒有人知道，我父親恰好是四九之前逃離臺灣的，作為一個共產黨地下人員，他當時的身分是新竹商業學校的國文教員，媽媽則在新竹女中。雖世事滄桑早已黯然，我來臺灣的心情還是有些異樣，似乎總想替爸媽了卻一樁他們再也不能的心願，比如回一趟新竹，看看舊居什麼的。一九九一年夏天我第三次去臺北，第一個跟季季說了這祕密。她在《中國時報》主編「人間」副刊，九〇邀我訪問過臺灣。她說她去邀當時還在新竹師範教書的詩人席慕容一同去，因她有私家車，路較熟。那時還沒有捷運。

我這種心情尤其是為了媽媽，一九四八年新竹女中那個四川口音很重，還有些口吃的國文女教員。爸媽一生坎坷中最令我動容的事，至今沒有一件比得上媽媽當年隻身飄洋過海的勇氣。媽媽是四川達縣人，瘦小而纖弱，卻脾氣出奇的剛烈。讀武漢大學時，她愛上了政治系從成都來的男生蘇長青，校刊《武大新聞》的總編輯，全校時事座談會的主持人……四七年底媽媽在荒涼小城台東跟爸爸會合，不久便在永無寧息的太平洋濤聲中生下一個女孩，長我不到了兩歲的姊姊。爸爸後來對我回憶，他們在臺灣一年半，為了隱蔽先後換過四所學校教書，而那時國民黨對他的通緝令已經到了臺灣警備司令部。

我隨季季和席慕容到新竹，找到那間女中，如今一片磚瓦水泥建築，沒有什麼能讓我引起聯想的景致。爸媽他們曾經住在一間什麼樣的房子裡呢？我四處尋找，忽見一排並不蔥翠的竹子，掩映著幾幢舊平房，像是有些年月的。我便駐足在這裡，讓自己去想像半個世紀前一對年輕四川夫婦在閩南話氛圍中的孤寂和陌生。

「如果不及時離開臺灣，我們一家四人都會慘死在那裡，或者瘐死火燒島——當時你尚在母腹中。」爸爸暮年給我寫信說。「四八年十一月底，我們就經基隆回到上海了。長江已封鎖，不可能北上。在復旦大學住了一陣子，來年三月初，我們乘滬杭晚車至杭州，第二日晨在杭州南星橋登上木船，當天下午黃昏在浙江諸暨縣一個內河碼頭進入浙東游擊區。」此即爸媽落腳浙江的緣由。可是媽媽跟爸爸回到大陸這邊，四九年的政權一上臺，就槍斃了她的父親，一個四川的老同盟會員。媽媽受了刺激，一生鬱鬱寡歡，脾氣暴躁，連對我們的母愛都難以自然施展。她常常為此而哭。

一九六〇年代中期的大瘋狂一來，京城裡多少這新王朝的王侯將相都家破人亡，我父親那種類似寫邸報的差事，不過七品以下的芝麻官，原不會有大的麻煩，但後來也被釣陷在裡面死去活來。沙灘大院「紅前樓」四號門二樓西側單元的蘇家，轉眼人去室空，我的姊姊弟弟，一個去了黑龍江，一個去了雲南，我也流落在中原，京城裡只剩可憐的媽媽，一個報館裡的編輯，每天清晨巴巴地候在沙灘大院前門，遠遠望那黑幫隊被牽出來，好看我父親一眼。她不敢去問專案組父親是何罪名，有一次打電報給我稱「母病重」，我趕回北京到她床前，她說：「曉康，媽只有求你去問一聲。」後來我鼓足勇氣，走進專案組，就設在當年的孑民堂裡，我發現裡面都是軍人和工人，原來當時進駐《紅旗》雜誌社的，是一支軍宣隊加工宣隊——這裡的舊主人周揚，已經不知道被抓到哪裡，也生死不明，而他正是創造「工農兵文藝」的鼻祖，這種難堪，甚至都不是一句「烏衣巷口夕陽斜」能夠形容的了。有個工人模樣的接待了我，我說我想知道我父親犯了什麼罪？那人輕描淡寫的說「還沒查清楚」，就把我打發了。

我終於見到父親，已在一九七〇年的早春。我那年二十一歲，乘京廣線火車回北京，黎明時分路經石家莊，忽然很想去看看在幹校裡被打成「軍統特務」的父親，就跳下了車，只知道一個村莊的名字，便鑽進霧靄靄的晨曦裡趕起路來……父親很驚訝我的出現，從他住的屋子裡拉我到外頭一堆秫秸稈後面，靠定了掏菸，順手還遞給我一支。我從未跟父親這麼接近過，待這次貼近了看，他已呆滯、蒼老，聊了一些什麼都不記得了。後來父親送我回車站，說他順便也進城洗個澡。我們父子倆在華北平原的冬日裡沿田埂朝城裡走。父親一九二三年生人，那年不過四十七歲，比我逃亡海外時的年紀大不了多少，可七〇年那個早晨給我印象最深的，是父親一下子衰老了、駝背了、蔫了，他四十四歲遇文革，被陳伯達打成特務，幾乎下獄，七五年出頭時五十二歲，是十年的坎坷；以後又順了，直到活到八十歲，所以他還是得到了二十八年的平穩生活，可是我至今記得七〇年華北那個早晨的霧靄中，父親的臉蒙了一層鏽，再也沒有滌清，永遠在那裡。

煤山斜暉

一九九三年《中國時報》「人間」副刊要搞「重寫七〇年代」專輯，楊澤來約稿，還要配發一張當年的照片，我翻箱倒櫃好歹找出一張來，照片上的我，一副睨視「茫茫九派流中國」的尊容，大約是七〇年代的某個初春，我在萬春亭旁拍攝的，即北京故宮對面的崇禎皇帝上吊的那個景山頂上，背景裡依稀可見北海的白塔。那年我剛二十一歲，一個月薪三十元的小工人卻已有一臉莫名其妙的憂愁，雖然還不是日後別人譏笑我的那種「憂患意識」。

那個春天，爸媽都從「五七幹校」回了北京，我也趕來會他們，三人一同去登高傷感，自然走到這景山上來。他們傷感他們追隨「革命」的荒誕，我那時則是登高便會有這一輩子如何打發的惶惑，心裡還隱隱怨著走在前面石砌小道上已然佝僂的知識分子爸媽，覺得自己的前途被他們耽誤，很有些宿命的傷感。記得從那山上回來後我還衝父親宣泄過怨氣，父親只哀傷地聽著不說話，媽媽卻勃然大怒斥道：「你向我們討什麼債？」我賭氣去了火車站想一走了之，夜裡爸爸牽著媽媽，在車站人群裡尋著我，媽媽鐵著臉不吭聲，還是父親低聲下氣把我勸回家。從那以後，爸爸不斷向受他牽連前途黯淡的三個子女寫信通報他的案情如何緩解，終於有一天我們姊弟三人都收到一封同樣的電報：「我已恢復黨籍。父字」。但媽媽同我卻一直還隔了一層什麼東西，再也沒能去掉。

自六〇年代中期的紅衛兵浪潮退去以後，我們這一代人大約都經歷過一個生存的苦悶、靈魂的苦悶和性的苦悶攪拌在一起的七〇年代，年輕鮮活的生靈們經過劇烈的造神狂熱的蒸烤後越發乾癟，無數渺小的個體被那個心血來潮的巨靈不斷驅趕鞭笞隨波逐流。那時被紅色恐怖威逼向父母作絕情事的年輕人比比皆是，這些都被後來的文學或歷史拿去作為「文革」泯滅人性的例證，但我知道連我自己也不能倖免於此。

在那個苦悶的年代裡，我每一次從山溝裡回到北京都會覺得非常壓抑，每天黃昏約了好友去景山萬春亭交換小道消息，雖然各種「宮廷內幕」（無非林彪、江青）不斷傳出，但龐大的新王朝從她的巔峰跌落下來時，餘暉卻是異常的耀眼。一九七一年秋天中華人民共和國進入聯合國，喬冠華在聯大發言時的那股瀟灑得意，以及後來尼克森到北京去「朝拜」毛澤東等等，那種西方節節敗退，東方揚眉吐氣的情景，只能讓人絕望地接受新王朝的肆虐，這個記憶至今還留在中國大陸人心底。這是沒有被後來的文學或歷史所重視的一種「新中國」心態，它也許不單是某種粗糙的民族主義，它重鑄了中國人對國家的認同。自古中國人只有「天下」觀而沒有國家觀，近代以來的「亡國滅種」危機也不能鑄出一個國家意識，倒是七〇年代的冷戰，使中國人短暫地滿足過成為強國的虛榮，這個虛榮的體驗不得了，冷戰落幕，意識形態瓦解，經貿掛帥，中國人還得胳膊肘往裡拐。如果，一種國家觀念，將來會成為中國人的集體認同，或者國家霸權意識，那麼它就形成於七〇年代。

整個七〇年代，是我們被稱為「共和國同齡人」的這一代煎熬滾爬的年代，後來許多知青小說和電影，都把這個年代渲染得頗為悲壯，貫穿著一種大幻滅的基調。我雖然沒有當過知青，只在工廠做工，但知道那悲壯是假的，是這一代人試圖也為自己譜寫一部神話，去補續起於草莽的父輩的那部大神話。其實這一代人經過文革極殘酷的摔打，比他們前後的兩代人都精明得多，這是很會掩飾自己的一代人，在七〇年代末期民間就流傳著一曲順口溜把我們說得很悲催：「長身子骨時碰上饑荒，讀書的年歲遇著上山下鄉，盼到高考恢復卻已成家，該養兒女又趕上計劃生育，經濟起飛了卻要下崗。」其實這一代人不僅出了很多文人墨客，也產生了大批政客和商人，到九〇年代中國大陸就基本在這一代手裡了。

說到這裡，我會很奇怪當年我陪爹媽遊煤山時，二十歲的年紀何故就那樣功利，登高便算計前程，還會硬著心腸向父母攤牌，要他們為我失去的前程負責。二十年後我陷到政治漩渦裡去，倉促逃亡時未及去向媽媽辭行，她非常難過，知道從此見不到這個兒子了，她從報紙上看到我對西方記者說很想回國，就寫一封信來說：「想回國就別寫文章罵他們了。」還沒接到我的回信，她就在一場突然的腦溢血當中再沒醒來。當時我正在舊金山，流亡者不能回去奔喪，只好捧了一束玫瑰到金門大橋上，撕碎花瓣朝西面的海裡撒去，我的悔恨是再沒有機會向媽媽為七〇年代道歉了。

二〇一九夏於華盛頓

INK PUBLISHING

蘇曉康作品集 05

西齋深巷

作　　者　蘇曉康
總 編 輯　初安民
責任編輯　游函蓉　陳健瑜
美術編輯　林麗華　黃昶憲
校　　對　吳美滿　游函蓉　蘇曉康

發 行 人　張書銘
出　　版　INK印刻文學生活雜誌出版股份有限公司
新北市中和區建一路249號8樓
電話：02-22281626
傳真：02-22281598
e-mail：ink.book@msa.hinet.net
網　　址　舒讀網http：//www.sudu.cc

法律顧問　巨鼎博達法律事務所
施竣中律師
總 代 理　成陽出版股份有限公司
電話：03-3589000（代表號）
傳真：03-3556521
郵政劃撥　19785090 印刻文學生活雜誌出版股份有限公司
印　　刷　海王印刷事業股份有限公司

港澳總經銷　泛華發行代理有限公司
地　　址　香港新界將軍澳工業邨駿昌街7號2樓
電　　話　(852) 2798 2220
傳　　真　(852) 3181 3973
網　　址　www.gccd.com.hk

出版日期　2020年 2 月　　初版
ISBN　978-986-387-248-1

定　價　260元

國家圖書館出版品預行編目資料

西齋深巷 / 蘇曉康著；
--初版，--新北市： INK印刻文學，
2020.02 面 ；14.8x21公分（蘇曉康作品集；5）
ISBN 978-986-387-248-1（平裝）
855　　108020254